AS FRONTEIRAS DE OLINE

Editor: Eduardo Lacerda

Assistentes editoriais: Amanda Vital,
Gabriel Santana, Içara Bahia, João Vitor Nascimento,
Raquel Alves, Ricardo Escudeiro

Capa, projeto gráfico e diagramação:
Alessandro Romio | Instagram: @romioland

Administrativo e comercial: Pricila Gunutzmann

Administrativo e Marketing: Sofia Fernandez Gunutzmann

Expedição: Sheila Gomes

Eventos: Flavio Rodrigues

Catalogação na publicação
Elaborada por Bibliotecária Janaina Ramos – CRB-8/9166

Z85f Zoehler, Rafael

As fronteiras de Oline / Rafael Zoehler.
– São Paulo: Patuá, 2024. 152p.; 14 X 21 cm.

ISBN 978-65-5864-935-9

1. Romance. 2. Literatura brasileira.
I. Zoehler, Rafael. II. Título.

CDD 869.93

Índice para catálogo sistemático
I. Romance : Literatura brasileira

Editora Patuá – Livraria Patuscada
Rua Luís Murat, 40
Vila Madalena – São Paulo – SP
(11) 96548-0190
editorapatua@gmail.com
www.editorapatua.com.br

AS FRONTEIRAS DE OLINE

Rafael Zoehler

PATUÁ
EDITORA

ÍNDICE

*O coronel Aureliano Buendía promoveu
trinta e duas rebeliões armadas e perdeu todas.*

Gabriel García Márquez, Cem anos de solidão

Belano disse: todos temos medo de naufragar.

Roberto Bolaño, Os detetives selvagens

Para Vitor.
Feliz aniversário.

FRONTEIRA

O limite entre a Sérvia e o Cazaquistão era teimoso como qualquer outro limite imaginado pelo homem. O Senhor Oline sabia que a vida no chão de terra, como costumava ser em lugares assim, era muito diferente das linhas bem desenhadas dos mapas de papel, de modo que um dia o vento arrastava o Cazaquistão mais para cá e no outro empurrava a Sérvia mais para lá. Alguém precisava separar os dois países caso se misturassem demais. Era preciso deixar claro que lá era lá e que ali era ali. Esse alguém era o Senhor Oline.

Humano reto, havia herdado apenas duas coisas do pai: o ofício como Guarda da Fronteira; e o bigode. E que impecável era o bigode, rivalizando apenas com o uniforme no quesito perfeição. Nunca se consideraria à altura do posto se algo acontecesse com sua aparência. E justamente por isso nada acontecia.

Fincado na pequena cabana sobre a fronteira, o Senhor Oline conhecia a nacionalidade de cada pedra, cada grão, cada sopro ao redor. Sempre que uma lagartixa ou animal semelhante tentava entrar ilegalmente em um dos países, ele dizia: esta é a minha fronteira. E exigia documentos com foto dos animais. Como bichos costumavam não cumprir tais exigências, viravam as costas e voltavam frustrados para o seu país. Nem mesmo a chuva, caso começasse na Sérvia, ousava atravessar para o Cazaquistão. Agia feito uma cortina molhada separando dois ambientes.

Às quintas-feiras, os japoneses chegavam em bando. Japoneses viajavam muito porque seu país era pequeno e, em um só dia, era possível conhecer o Japão todo, do Mar de Okhotsk, no Norte, ao Mar das Filipinas, no Sul. Então eles ficavam entediados e compravam máquinas fotográficas. Entediados ou não, o Senhor Oline os recebia dizendo: esta é a minha fronteira. E exigia os documentos de todos.

Organizados, os japoneses faziam fila sem que fosse necessária nenhuma ordem e esperavam já com os documentos em mãos, para fora das pochetes de viagem. Ao Senhor Oline sempre impressionou o fato de nenhum japonês saber falar cazaque, mas desconfiava que eles tivessem guias uzbeques esperando no país. De todo modo, não importava. Se os documentos estivessem corretos, ele erguia a cancela e liberava a passagem do grupo.

Às terças era a vez dos australianos, que chegavam correndo. Isolados do resto do mundo na distante Oceania, boiando entre o Oceano Pacífico e o Índico, com o Grande Deserto Arenoso na barriga do território e cercados por tubarões brancos, polvos-de-anéis-azuis e águas-vivas irukandji, os australianos se sentiam sozinhos e muitos apresentavam sintomas agravados de depressão. Vinham pelo Cazaquistão com os narizes pintados de protetor solar e paravam em frente à cancela do Senhor Oline, que dizia:

esta é a minha fronteira. E exigia seus documentos. Os australianos gostavam da Sérvia porque ela era a porta de entrada para a Europa, que era cheia de pequenos países com vários povos espremidos. Uma amálgama de culturas e línguas e filosofias. E os australianos precisavam desse afago.

Ao Senhor Oline, isso pouco importava. Não tinha ninguém, só o seu trabalho. E por isso tinha regras no lugar da empatia. Nunca abandonava seu posto, nunca tirava férias e nunca reclamava. Se saísse, quem iria manter a Sérvia na Sérvia e o Cazaquistão no Cazaquistão? Da sua cabana, mantinha intacta a soberania nacional.

De quinze em quinze dias, o Viajante atravessava a fronteira. Era a pessoa mais próxima de um amigo que o Senhor Oline possuía e fazia o percurso desde a época do seu pai. Trazia quesadillas do México e pastéis de choclo do Chile. E perguntava: Oline, por que não dá uns passos mais para lá ou mais para cá? E o Senhor Oline sempre respondia que aquela era a sua fronteira, oras. Os dois comiam as quesadillas e os pastéis. O Viajante contava dos esquimós da Groenlândia, do curau de milho do Brasil, do teatro de sombras chinês e os dois pegavam no sono. No outro dia, depois de apresentar os documentos, porque trabalho é trabalho, o Viajante seguia para um dos lados prometendo voltar com mais coisas do mundo.

De tão rodeado de pedras, de pedra eram também os sonhos do Senhor Oline. Não tinha vontades outras a não ser verificar os documentos e impedir que um país se empolgasse demais com seus quilômetros quadrados. Dormia, sem desejo nenhum, seu sono rochoso.

E passaram muitos outros da Sérvia para o Cazaquistão e do Cazaquistão para a Sérvia. Argentinos e espanhóis, que diziam falar a mesma língua, mas que era uma língua diferente. Turcos que falavam português. Todo turco fala português, comentou um deles numa quarta-feira. Uma vez, o Senhor Oline mandou o Refugiado voltar porque ele não tinha documentos. Mas eu não tenho para onde voltar, disse o Refugiado. E o Senhor Oline sentenciou: pois agora, sem documentos, também não tem para onde ir. O homem virou-se para o Cazaquistão e caminhou até se tornar um ponto preto no horizonte.

Nada estava acima da sua função, nenhuma história de nenhum homem, nenhum choro de nenhuma criança. Se Jesus de Nazaré viesse da Galileia passando pela Sérvia em direção ao Cazaquistão, o Senhor Oline diria: esta é a minha fronteira. E exigiria os documentos do filho de Deus. E não importava que anjos viessem com trombetas. Se não trouxessem os documentos, Jesus não passaria.

Quinze dias mais e o Viajante voltou. Trazia as sombras chinesas, o curau e más notícias. Oline, meu amigo, esta será minha última passagem, já fui a todos os lugares do mundo mais de uma vez e minhas pernas doem, meus pés têm bolhas, vou descansar em casa e contar minhas histórias, disse o Viajante. Os dois comeram o curau, o bacalhau da Noruega, beberam o gin da Inglaterra e dormiram. O Senhor Oline não abraçou o amigo depois que ele apresentou os documentos e se despediu.

Os dias ficaram mais longos. As pedras, mais duras. Os japoneses apareciam às quintas e os australianos às terças. O Viajante já não vinha de quinze em quinze, e o mundo parecia maior e mais distante. Percebeu o Senhor Oline que não era uma pessoa, mas uma função. Não se importava com ninguém que passava, e ninguém que passava se importava com ele. Um dia, não estaria mais ali e outro assumiria o posto. Como foi com seu pai, que morreu árido de espírito. Não deixaria saudades nem desenhos, e ninguém lhe dedicaria palavras bonitas.

Começou a sentir falta da burrata e do tahine. Da vodka russa e do pisco peruano. Da erva mate, do arak, da paella e dos peixes que nunca tinha visto nadar, mas que conhecia o sabor cru. A boca sentia falta dos sabores tanto quanto das conversas. Por anos, o Viajante havia sido um analgésico da sua condição.

Aquela não era a sua fronteira, não poderia ser. Era apenas a fronteira da Sérvia com o Cazaquistão. A sua, a do homem Senhor Oline, haveria de ser maior. Ele havia desenhado uma linha imaginária ao redor de si mesmo.

Por impulso, o Senhor Oline pegou uma pedra do Cazaquistão e a arremessou para dentro da Sérvia. Alguém precisa trazer a pedra de volta, ele disse em voz alta. Andou até lá, pegou a pedra e voltou. Arremessou um pouco mais longe da segunda vez. Alguém precisa trazer a maldita pedra de volta, ele disse mais alto. Foi até lá, pegou a pedra e voltou para a sua cabana. Pulou a pedra na palma da mão sentindo o seu peso. Uma, duas, três vezes. Olhou para trás. Olhou para frente. Esquerda, direita. Arremessou a pedra com toda força que tinha, fazendo-a desaparecer na Sérvia. Balbúrdia de mil demônios, alguém precisa trazer o Cazaquistão de volta, ele gritou.

E o Senhor Oline foi atrás da pedra.

E não voltou naquele dia.

CASTELO

A Sérvia verdadeira era muito diferente da Sérvia ilustrada que o Senhor Oline conhecia. A geografia estudada por correspondência para o curso de formação de Guardas da Fronteira, com belas gravuras e aquarelas, não o havia preparado para a realidade. Estava acostumado à mesmice e agora nada lhe era familiar. Seu mundo rochoso havia sido deixado para trás. A pedra não podia ter ido tão longe.

Conforme adentrava o território, as possibilidades se acumulavam em listas na sua cabeça. A pedra poderia ter se aconchegado nas raízes dos pinheiros, que eram abundantes no país, ou se mimetizado com a areia na beira dos rios, ou, ainda, se escondido no breu das masmorras medievais. O Senhor Oline levantava cada folha, revirava cada ninho, enfiava a mão dentro de cada buraco sérvio que viesse a encontrar. Obviamente, sempre levantava as mangas e jamais apoiava os joelhos no chão. Largar o posto, perder um pedaço do Cazaquistão e, ainda por cima, desgraçar o uniforme seria vergonha demais para um único Guarda da Fronteira.

O Senhor Oline imaginou os japoneses tocando o pequeno sino da sua cabana e esperando resposta. Os australianos, os guatemaltecos, os uruguaios também. As regras eram claras: se não houvesse nenhum Guarda da Fronteira no posto era necessário procurar o posto mais próximo. Mas e se nem todos fossem fãs de regras? E se um russo viesse caminhando e não encontrasse ninguém? Russos não gostavam de calor e com certeza passariam mal na fronteira da Sérvia com o Cazaquistão. Olhariam de um lado para o outro procurando algum sinal de reprovação e passariam assoviando pela cancela, manchando o perfeito histórico de trinta anos de serviço do Senhor Oline.

E assim o Senhor Oline teve o primeiro contato com as dúvidas, que, até então, jamais haviam encontrado caminho rumo aos seus pensamentos. Por que havia jogado a pedra? E se voltasse sem ela? Ninguém iria reparar em uma pequena pedra a menos no Cazaquistão, não é mesmo? Acostumado às respostas dos manuais, o Senhor Oline tinha dificuldades em responder perguntas que não haviam sido respondidas antes. E dizia para si mesmo: eu vou saber que uma pedra está faltando, eu vou saber que o trabalho não está sendo bem feito, eu vou saber da minha incompetência. Mas, como logo descobriu, as dúvidas eram persistentes, de forma que ao responder uma, outra surgia no lugar. O que vai ser da fronteira enquanto estiver fora? E pensava: as fronteiras podem ser arrumadas, os territórios podem ser divididos, mas uma pedra, uma maldita parte do Cazaquistão jamais voltará sozinha. E lembrou-se o Senhor Oline de relatos da época em que não havia Guardas da Fronteira e a pobre Bósnia-Herzegovina foi parar no meio do Oceano Atlântico. Por que jogou? Por que jogou? Por que jogou a pedra? Eu joguei porque nem sei e não importa porque joguei, importa que joguei e tenho que buscar o que foi jogado, pensou o Senhor Oline.

Seu pai nunca havia passado por isso, nunca havia abandonado o posto. Nunquinha. Nem mesmo quando a Grande Tempestade de Areia embaralhou metade do Cazaquistão na Sérvia. O pai continuou lá, resoluto, e colocou cada país no seu lugar. Grão por grão. Nem mesmo morto o pai deixou a fronteira. Foi enterrado na parte de trás da cabana, bem abaixo da linha que dividia os dois países. Era o costume de todos os praticantes do ofício.

Na época, um padre veio de Roma através da Sérvia para celebrar os ritos fúnebres e, assim que o Jovem Senhor Oline o viu, disse: esta é a minha fronteira. E exigiu os documentos do sacerdote no seu primeiro exercício da função. Por ironia do destino, ironia esta que envolvia um jogo de cartas em Monte Carlo e um camelo de três corcovas, o padre não estava com os documentos naquele dia. O Jovem Senhor Oline manifestou seu recém adquirido poder, e o padre foi obrigado a realizar a cerimônia longe da sepultura. Lia as passagens da bíblia em voz alta para que os presentes pudessem ouvir à distância. Tirando o Viajante, todos ali eram Guardas da Fronteira destacados para o enterro como se fosse mais uma missão. Uma mera formalidade.

A exemplo do pai, o Senhor Oline já havia marcado onde descansaria após a morte. Aliás, descansar não era o termo correto. Um Guarda da Fronteira jamais descansa e nunca se aposenta. Um Guarda da Fronteira trabalha até se tornar parte da fronteira, sendo enterrado sob ela. Seus serviços continuam mesmo de olhos fechados. Teóricos teorizam que, após a morte, a função continua no outro mundo e um Guarda da Fronteira trabalha para impedir o trânsito de espíritos com a documentação fora de validade. Mas nada comprovado cientificamente.

E reparou o Senhor Oline que nunca havia pensado em quem o substituiria. Por mais que agora tivesse dúvidas, para a morte elas não existiam. Ela era real e definitiva. Certa e justa. Mas, naquele momento, não importava.

E o Senhor Oline subiu a Cordilheira de Kopaonik em direção ao Pico Pančić.

E visitou Zlatibor e sua caverna calcária, Stopica.

E procurou nas ruas de Belgrado.

Nos cânions em zigue-zague do Rio Uvac.

Nas paredes dos castelos.

Foi até os limites.

A pedra não estava na Sérvia.

Maldito Viajante.

LIVRO

O Senhor Oline seguiu para o Leste, a única opção que tinha. Havia jogado a pedra naquela direção e, se ela não estava na Sérvia, bastava procurar no próximo país. Com certeza haveria de estar lá. Tudo que estivesse a Leste seria vasculhado, inclusive o próprio Oeste se fosse necessário. A pedra ainda estava no planeta, isso era certo.

Ao longe, avistou uma pequena cabana como a sua. Fincada sobre uma fronteira como a sua. A cancela estava abaixada, como a sua costumava ficar. Porém, o Guarda da Fronteira não estava de prontidão ao lado dela. O uniforme era igualmente bem cuidado, mas o colega de profissão estava sentado em uma cadeira com os dois pés apoiados sobre a haste de madeira da cancela. O bigode certamente não era malcuidado, mas não era tão bem cuidado quanto o do Senhor Oline. Nem todos os fios seguiam uma ordem definida, de modo que alguns escapavam para o alto em direções aleatórias. O bigode é o reflexo do homem, pensou o Senhor Oline, que logo sentiu a faísca da balbúrdia naquele ser humano. O inconsequente lia um livro, fumava cachimbo e soprava anéis de fumaça. Que desleixado. Que falta de respeito com a profissão. Um corretivo se fazia necessário. Alguém precisava fazer alguma coisa. E esse alguém era o Senhor Oline.

Já que não estava em sua fronteira, não tinha autoridade. Naquelas terras, era tão passante quanto um dos seus japoneses. Era preciso estimular a mudança através do exemplo. E exemplar era justamente o que o Senhor Oline havia sido a carreira toda. Caminhou firme até a cancela e parou com os documentos à mostra. O outro Guarda da Fronteira virou uma página e soprou um anel de fumaça como se o Senhor Oline nem estivesse ali. O Senhor Oline esperou. Mais um anel de fumaça, mais uma página. O Senhor Oline limpou a garganta, fazendo o típico barulho caham-caham para chamar a atenção do outro, que soprou mais um anel e virou mais uma página. Mas que diabos de livro era aquele? Devia ser muito bom, dada tamanha dedicação do leitor. Bom ou não, aquilo era uma quebra de protocolo. Primeiro os pés, depois o bigode e, por último, o descaso.

O Senhor Oline cruzou os braços em sinal de protesto.

Mais um anel soprado, mais uma página virada.

Bateu o pé direito para ilustrar sua insatisfação.

Mais fumaça, mais página.

Soprou os lábios moles fazendo prrrrr com a boca.

Página. Fumaça.

E o Senhor Oline perdeu a paciência. Assim como existiam as fronteiras dos países, existiam também os limites do comportamento humano. E aquele homem havia cruzado todos eles. Era a vergonha da profissão. O Senhor Oline respirou fundo, sugando todo o ar possível para seus pulmões, afinal o sermão que pretendia iniciar seria longo, duro e humilhante, e pôs o dedo indicador em riste. Porém, antes que pudesse libertar a fúria do peito, antes que o ar deixasse os pulmões e fizesse tremer as cordas vocais, um despertador berrou metal contra metal e o outro Guarda da Fronteira fechou o livro de supetão. Tudo aconteceu em um segundo, como se ao mesmo tempo ele tivesse fechado o livro, guardado o cachimbo, tirado os pés da cancela, assumido a posição de sentido, arrumado o uniforme no corpo e perguntado: em que posso ajudá-lo?

Tamanho o susto, o Senhor Oline se viu obrigado a engolir as palavras que estavam saindo da sua boca. E, como toda fúria costuma ser indigesta, o corpo reagiu. Descendo em alta velocidade pela traqueia, o ar carregado de bronca embaralhou as cordas vocais, de forma que o Senhor Oline ensaiava dizer algo, mas não dizia nada. A boca abria e fechava sem nenhum som possível. Todas as palavras haviam fugido. Tinha desaprendido a falar.

O outro Guarda da Fronteira não perdeu tempo e perguntou: o senhor gosta de ler? E o Senhor Oline, que ainda não tinha redescoberto a fala, nada respondeu. O outro deu dois tapinhas na capa do livro e continuou: este é um livro muito bom, já li centenas de vezes, conta a história de um pescador que vai em busca do maior peixe de todos e, quando finalmente consegue fisgar a fera, que é mesmo enorme, passa dias brigando com ela, chegando até mesmo a dormir com o peixe na linha. Ele consegue capturar o peixe, mas tubarões o comem no caminho de volta, deixando o velho pescador apenas com as espinhas para contar a história, encerrou melancólico e olhando para baixo o outro Guarda da Fronteira.

O senhor já viu o mar?, perguntou ainda o outro Guarda da Fronteira. E o Senhor Oline continuou imóvel. As palavras, que são muitas, de várias formas e tamanhos, demorariam horas para voltar.

AMIGO

E as palavras foram chegando na mesma ordem em que foram descobertas na infância. A primeira a retornar foi "papai". Depois vieram "fome" e "cocô". Mamãe não. O Senhor Oline nunca havia falado "mamãe" na vida. Porém, naquela situação, "papai" não servia de nada. Outras palavras eram necessárias, frases mais complexas, sentimentos difíceis de expressar. E o Senhor Oline continuou parado em frente ao colega de profissão. O acidente nas cordas vocais havia sido grave. Não era a primeira vez que acontecia algo do tipo, claro, mas era sempre trabalhoso de arrumar. Até que as cordas relembrassem das suas posições e da vibração correta para o exercício da fala, muito tempo passaria. E a cada instante, mais longe ficava a sua pedra. Mas a fala era necessária para seguir o protocolo na fronteira. Primeiro, se apresentar, depois, apresentar os documentos. Só assim poderia adentrar na Turquia, deixar a Sérvia para trás e seguir sua busca.

Parado onde estava, o Senhor Oline aprendeu muitas coisas. Descobriu que havia uma placa ao lado da cabana que indicava o horário de atendimento. Percebeu que o colega, na ocasião do acidente, estava em horário de almoço, que é um direito garantido pelo Estatuto dos Guardas da Fronteira e que cada oficial tem liberdade para determinar seu intervalo. Aprendeu também que o outro era muito competente, pois o viu trabalhar e acompanhou a organização dos seus países. E foi isso que aprendeu, talvez não tenham sido tantas coisas assim.

Com a fuga do Sol, o Senhor Oline já se sentia capaz de pronunciar frases mais elaboradas e necessárias. Olhou para o outro e disse: quero água. O outro, que entendia muito bem o que havia acontecido, correu para dentro da cabana e voltou com um copo cheio e gelado. A água não desceu fácil pela garganta interditada do Senhor Oline. Bateu, bagunçou, atrapalhou a regeneração, mas por estar líquida naquele horário, pressão e temperatura conseguiu chegar ao seu destino. A fome também aumentava, mas essa teria que esperar. O que mais preocupava o Senhor Oline não era a inanição, e sim a sua pedra. Ele precisava voltar logo com o Cazaquistão e, pelo horário, não poderia mais passar pela fronteira até a próxima manhã.

As pernas doíam dentro do uniforme, mas o Senhor Oline sabia que qualquer mudança de posição poderia atrapalhar a recuperação da sua garganta. Tudo bem. Estava acostumado a ficar de pé. Sua vida era ficar de pé. Mais algumas horas não fariam diferença. O outro voltou para a sua cadeira e para o seu livro. Ele tirou o marcador da última página e abriu o livro no começo novamente.

Eram três da manhã quando as cordas vocais se aconchegaram e o Senhor Oline conseguiu relaxar o corpo. O ar passava sem pressa, a habilidade de falar havia sido recuperada por completo. O Senhor Oline olhou para o outro e perguntou: por que ficou comigo todo esse tempo? O outro fechou mais uma vez o livro e respondeu: oras, eu não ia deixar você aqui sozinho ao relento enquanto se recuperava do piripaque. E aquilo era muito estranho ao Senhor Oline. Muito fora dos manuais. Ainda com o livro fechado, o outro continuou: o que você faz tão longe da sua fronteira?

E o Senhor Oline contou da pedra do Cazaquistão, do Viajante e das coisas que ele trazia. Contou do buraco que essas coisas deixaram e de como esse buraco foi sendo preenchido pela raiva. Contou da sua busca através da Sérvia e da sua conclusão lógica de seguir para o Leste. O outro concordou. Pedras não fazem curva. O Senhor Oline abriu todos os planos, daria a volta no globo. Se necessário, vestiria um escafandro e desceria a Fossa das Marianas. Um pedaço do Cazaquistão deve ficar no Cazaquistão. Caso contrário seria um pedaço de outro lugar.

O outro ouviu tudo com muita atenção e, ao final, disse: então passe pela fronteira, homem, siga sua jornada. E o Senhor Oline, sempre reto, sempre sem improviso, respondeu: não posso, as regras são claras, quando a fronteira reabrir, passarei. Mas eu, o Guarda da Fronteira encarregado, autorizo a sua passagem, disse o outro. E o Senhor Oline abaixou os olhos dizendo: eu não me sentiria confortável dessa forma.

Com duas horas faltando para o amanhecer, o outro entrou na sua cabana e trouxe de lá uma cadeira, fumo, água e pepinos em conserva. Colocou a cadeira do outro lado da fronteira, em território sérvio, junto ao Senhor Oline, e puxou sua cadeira mais para perto. Em seguida, disse: sente-se, vamos comer e conversar até o horário de abertura então. Cansado, o Senhor Oline sentou-se. Qualquer energia conversada seria importante na busca.

Com os dedos emporcalhados de água de conserva e a boca cheia de picles, o outro perguntou: qual o seu nome? Oline, respondeu o Senhor Oline. E o outro continuou: prazer, Oline, eu me chamo Olegário e, agora que trocamos nomes, somos amigos.

MAÇÃ

E veio a Turquia. O Senhor Oline deixou para trás a fronteira do Senhor Olegário ainda com as palavras do novo amigo ressoando dentro de si. Algo sobre férias dos Guardas da Fronteira e solicitações de emergência. Mas ignorou, nada disso seria necessário, aquela parte do Manual dos Guardas da Fronteira era a única que ele não havia lido. Nem poderia. Lembrou-se do pai arrancando justo essas páginas com a fúria de um touro e engolindo-as logo em seguida. Nem nos momentos mais difíceis um Guarda da Fronteira poderia descansar. Mesmo assim, o Senhor Oline saiu de lá com alguns mantimentos, água fresca e uma importante questão: se era necessário saber o nome de alguém para oficializar uma amizade, qual era o nome do Viajante? Depois de anos conferindo os documentos a cada quinze dias, percebeu que não havia dado a devida importância a esse detalhe. Quando tentava visualizar os documentos do Viajante, levando a imaginação para perto do local onde o nome ficava escrito no papel, elefantes voadores invadiam seus pensamentos e sopravam a imagem para longe com suas gordas trombas.

Como escavar os próprios pensamentos demandava ferramentas que o Senhor Oline não tinha no momento, decidiu concentrar-se na Turquia. Havia muito território a ser explorado, muito mais do que na Sérvia. E também o preocupante Estreito de Bósforo, onde ficava a antiga capital Istambul. Quando pequeno, lia sobre o lugar no Manual dos Guardas da Fronteira e adorava a sonoridade da palavra B-ó-s-f-o-r-o. Mas agora era um ponto de atenção. Justamente por ser um estreito, o Mar Negro e o Mar de Mármara esmagavam o continente, aumentando a chance de a pedra ter caído na água e afundado em direção às profundezas inalcançáveis. Tratou de se livrar logo desses pensamentos e agir de forma prática. O Estreito de Bósforo estava longe, ainda havia uma Turquia inteira entre eles.

Aproveitando a maciez das rochas turcas, alguns povos antigos da região escavavam suas habitações trogloditas nas próprias montanhas, e o Senhor Oline entrou em todas elas. Caso alguma fosse habitada, ele dizia: esse é o meu trabalho e estou trabalhando. E entrava mesmo assim. Em um episódio, após perguntar se a família não tinha visto uma pedra fugitiva entrando em sua casa, foi obrigado a levantar a cama do patriarca enfermo de uma família nômade. O velho gemeu, o Senhor Oline conferiu, a família puxou suas facas e depois de uma luta pacífica tudo se resolveu.

Nada na paisagem era inesperado. Estava tudo lá, descrito no Manual dos Guardas da Fronteira. Uma mudança aqui, outra ali, tudo bem. A Turquia seguia sendo a Turquia. Até que o Senhor Oline se deparou com algo diferente. Um grande buraco no chão, o único por perto. Era como se a cratera fosse muito mais nova do que o país inteiro.

Formada por impacto, com detrito espalhado ao redor. Um ferimento agudo, rápido, diferente das linhas suaves causadas pela erosão do tempo. O que quer que tivesse acontecido, não havia sido esculpido ao longo de milhões de anos.

Acreditando que o buraco não estava ali por acaso, o Senhor Oline fez a única coisa possível. Uniu o indicador ao dedo médio e passou os dois dentro da fissura. Em seguida, levou os dedos à boca e deixou a língua trabalhar. Passou os dois dedos do lado de fora e os colocou na boca também. Provou o buraco. Provou a Turquia. E mais uma vez. E mais uma vez. Não teve dúvidas.

Tudo na Turquia tinha um leve gosto de pistache.

A cratera não. O gosto era diferente.

A cratera tinha gosto de maçã.

FOME

O buraco era cazaque. Bom, pelo menos era uma obra cazaque. Coisa de sua pedra. Ela havia sobrevoado a Sérvia, perdido altitude e, no final de um movimento parabólico, quicado na Turquia. Dado o tamanho do estrago, ainda mantinha o momentum original.

Aquele sabor não deixava a intuição do Senhor Oline falhar. Todas as maçãs do mundo eram descendentes da maçã original, da maçã zero, a maçã da Cordilheira de Tian Shan, no Cazaquistão. Ao provar o interior da cratera, o Senhor Oline lembrou-se de uma passagem do Viajante. Ele trouxe as maçãs naquela ocasião, pois elas brotavam em pomares longe da fronteira. Naquele dia, também apresentou ao amigo os pastéis de nata de Portugal e o xarope de seiva de bordo do Canadá. Os pastéis misturavam creme de nata e ovos sobre uma massa folheada, e o Viajante explicou que muitos dos doces portugueses eram chamados de doces conventuais por terem surgido nos conventos. As freiras, depois de gastar as claras dos ovos para engomar os hábitos, inventavam doces com as gemas para evitar o desperdício. Ou para evitar o tédio repetitivo e virgem da religião, ninguém sabia. De toda forma, doces ali não importavam. As maçãs sim. O Senhor Oline estava no caminho certo.

Com um graveto, traçou hipotenusas e catetos no chão para deduzir a trajetória da sua pedra. De tão macias que eram as rochas da Turquia, era improvável que ela tivesse mudado de rumo. Imaginando uma linha reta entre aquele ponto e sua própria cabana na fronteira da Sérvia com o Cazaquistão, o Senhor Oline visualizou a rota que deveria seguir. Rumo ao coração da Capadócia e suas montanhas lunares. Pôs-se em marcha.

A confirmação de ter trabalhado corretamente deixava o Senhor Oline com um largo sorriso sob o bigode. Não havia nada, nada, nada como realizar um bom trabalho. E ele também estava cada vez mais perto de corrigir a própria falha. A pedra não havia perdido força, mas também não podia estar tão longe assim. O Senhor Oline conhecia o poder do próprio braço, tudo o que precisava fazer era continuar com atenção. Em breve encontraria a pedra e a levaria de volta para o lugar de onde ela nunca deveria ter saído.

Não afrouxou a busca. Mesmo que tivesse informações privilegiadas, não seria descuidado com o fardo. A topografia da Capadócia havia sido formada por vulcões, existindo, bem no centro da Turquia, um deles: o extinto Monte Argeu. E se, logo naquela época da história, bem quando um certo Guarda da Fronteira estivesse passando por lá, o Monte Argeu decidisse se desextinguir? Animais, quando extintos, sumiam por completo. A humanidade, inclusive, adorava contar quantos restavam de cada um, como o último rinoceronte branco ou os últimos quarenta pandas. Uma possível forma de alívio psicológico global. Mas um vulcão era diferente. Quando entrava em extinção, ou seja, quando não apresentava atividade por dez mil anos, ele não sumia. Continuava lá com toda sua magnitude, exercendo uma espécie de pressão branca sobre os vizinhos. O Senhor Oline sentia essa pressão. Caso o Monte Argeu decidisse acordar, fazendo lava quente correr pelas encostas, o que seria da pedra do Cazaquistão? Acabaria fundida ao magma e arrastada para o oceano. Perdida para sempre. Era melhor continuar. E continuar rápido.

E o Senhor Oline colocou cem por cento de si no trabalho. Nem noventa e nove, nem noventa e oito. Cem. Não colocava mais porque não era possível. Caso fosse possível, esse excesso seria o novo patamar. Fazia como seu pai havia ensinado através de puro exemplo. Certa vez, quando ainda era um jovem insolente, viu o pai agachado medindo a fronteira com o auxílio de um paquímetro, instrumento de alta precisão usado por engenheiros para medir os milímetros das coisas. Vendo aquilo, o Senhor Oline, que desde de jovem sempre foi chamado de senhor, perguntou: você não acha que um paquímetro já é demais, pai? O Cazaquistão está bem, a Sérvia está bem, venha jantar que estou com fome. O pai continuou sua tarefa e respondeu: isso é o meu trabalho, a coisa mais importante que existe no mundo, maior que a sua fome e que a minha, sou meu próprio juiz e digo quando está bom. Você leva isso a sério demais, essa coisa de fronteira, Sérvia isso, Cazaquistão aquilo, saiba que a perfeição que você busca não existe, disse o Jovem Senhor Oline. O pai, então, deitou o paquímetro no chão e apontou para o garoto: eu não sou perfeito, eu sou muito bom. A conversa terminou nessa frase, e a fome ensinou ao jovem o peso da palavra profissionalismo.

VENTO

O Senhor Oline não percebeu quando a sombra surgiu, mas, assim que a notou, soube que ela não era como as outras sombras que existem por aí. Ela tinha uma missão muito específica: roubar-lhe o Sol. Ele dava cem passos para a esquerda, a sombra o seguia. Cinquenta passos à frente, lá estava a sombra sobre sua cabeça. Andava de marcha ré, sombra de novo. Se entrasse em uma caverna, assim que pisasse fora, ela estaria a postos para escurecer seu mundo novamente.

No começo, foi até bom trabalhar sem o Sol quente castigando o topo da cabeça. Porém, aquela era uma criatura inquietante. Das outras sombras era possível deduzir a origem. Uma árvore, uma colina, um corvo-marinho-de-faces-brancas perdido longe do mar. Tudo lançava sua silhueta ao solo. Daquela sombra persistente, porém, nada se sabia. E o Senhor Oline recusava-se a olhar para cima. Seu compromisso estava no chão, com a sua pedra. E pedras não sabiam voar. Não podia procurar no chão e no céu ao mesmo tempo, o foco acabaria se ajustando no meio do caminho, bem na linha do horizonte. Todo olhar se perde no horizonte. O Senhor Oline poderia, sem querer, pisar na pedra do Cazaquistão e seguir em frente. Um erro fatal. Justa causa. Fim. Por mais excêntrica que fosse, a sombra precisava ser ignorada.

A seu favor, o Senhor Oline tinha uma das raras certezas da vida: o Sol haveria de baixar em algum momento. Sem Sol, sem sombra. Sem sombra, sem mistério. E como homem de certezas, preferia o desconhecido longe de si. Indiferente aos anseios do Guarda da Fronteira, a sombra dançava sobre ele, um pouco para lá, um pouco para cá, sem nunca deixar de sobrevoá-lo.

O dia foi encerrando seu expediente, batendo ponto atrás das montanhas. Do Sol restava apenas uma linha incandescente no limiar da Terra. À medida que a luz se despedia, todas as sombras foram se misturando em uma grande sombra chamada noite. E nesse momento, a sombra implacável, que antes escurecia, passou a iluminar o Senhor Oline. Num raio de alguns metros ao redor do Guarda da Fronteira, ainda era dia. Bruxaria desgraçada. Aproveitando o encerramento das buscas por falta de luz natural, afinal, aquela luz de natural não tinha nada, o Senhor Oline rendeu-se à curiosidade e finalmente olhou para cima.

Um balão de gomos coloridos, uma enorme tangerina psicodélica flutuante, descia em sua direção. A chama utilizada para fazê-lo flutuar iluminava a lona por dentro, criando um pequeno Sol noturno. De dia, com a esmagadora potência do Sol verdadeiro, o balão era sombra. De noite, competindo apenas com a timidez da Lua, que na própria bandeira da Turquia era minguante, o balão trazia claridade.

O Baloeiro colocou a cabeça para fora da enorme cesta de vime que pendia do balão e disse: amigo, estou lhe observando há horas, o que faz aí embaixo? E o Senhor Oline, irritado com a perseguição que sofria, bradou: o que eu faço aqui embaixo? O que eu faço aqui embaixo? O que faz você aí em cima me caçando com esse balão? Mas é claro que não, amigo, não posso caçar ninguém, disse o Baloeiro. Eu danço na música do vento, não tenho culpa se você e o vento têm os mesmos desejos.

O Senhor Oline encarou o Baloeiro. O Baloeiro encarou o Senhor Oline. O balão desceu até se estabilizar a uma confortável altura de dez metros do chão. O Senhor Oline pôs-se a andar, e uma leve brisa empurrou o balão na mesma direção, de modo que os dois podiam conversar no percurso. Intrigado, o Baloeiro quis saber mais: eu conheço esse uniforme, o que faz um Guarda da Fronteira longe do seu posto? E o Senhor Oline respondeu: estou em missão. Nunca vi um de vocês longe da fronteira, comentou o Baloeiro. Estou atrás de uma pedra fugitiva, disse o Senhor Oline, que não queria contar detalhes do seu deslize para um civil qualquer. E, também, não era um bom mentiroso. Na verdade, não sabia mentir de forma alguma. Mentir era uma habilidade desnecessária para a sua ocupação. Ficar quieto, sim, era importante. E nisso tornou-se mestre.

O Baloeiro, do alto da sua posição, ponderou: meu balão sobrevoa a Capadócia dia e noite, sem parar, não seria melhor para a sua busca observar o terreno daqui de cima? Mas o Senhor Oline, que se via obrigado a concordar, não queria dar o braço a torcer. Vamos, amigo, não sabemos até quando o vento vai soprar a seu favor.

Lá de cima, o Baloeiro jogou uma escada de corda. O Senhor Oline foi andando ao lado dela, vendo a escada balançar ao alcance da mão. Lembrou-se do Senhor Olegário, o amigo inesperado que encontrou em sua jornada. O Baloeiro poderia ser um caso parecido, quem sabe, talvez, poderia até ser citado com louvor no relatório final do Guarda da Fronteira. Colocando as dúvidas de lado, o Senhor Oline chacoalhou a cabeça, pegou a corda e subiu.

TEMPO

A primeira coisa que o Senhor Oline notou ao pisar dentro da cesta de vime foi a enorme quantidade de latas. O chão era coberto por elas. Pêssegos em lata, figos em lata, abacaxis em lata, espaguete em lata, sopa em lata, sardinha em lata, atum em lata no óleo, atum em lata na salmoura, almôndegas ao molho em lata, feijões em lata, ervilhas em lata, azeitonas em lata, pão em lata, presunto em lata, lasanha em lata, manteiga em lata e Surströming, o famoso arenque báltico sueco, também conhecido fora da Suécia como peixe podre. Em lata, obviamente. As latas eram organizadas por categorias, como carnes, massas, vegetais, bebidas, e estocadas com pequenas etiquetas onde se liam os dias do ano. Elas forravam o interior da cesta, servindo como piso, parede, camas, bancos e mesas.

O Baloeiro recolheu a escada de corda e virou-se para o Senhor Oline. Eu não recebo muitas visitas, então vamos comemorar, ele disse. Procurou nas etiquetas até encontrar o que queria e puxou para si uma pequena lata de caviar de esturjão, com um desenho do peixe na lateral da delgada embalagem. Pegou o abridor de um dos muitos bolsos do seu colete de caçador e o colocou para trabalhar. Me conte detalhes da sua pedra, continuou o Baloeiro, fiquei curioso. E nesse momento o Senhor Oline não tinha mais como ficar calado, mentir também não era uma opção. O silêncio parou de funcionar. Tudo bem, contarei a você, ele disse. E contou que em um momento de fraqueza pegou a pedra do território cazaque e arremessou para dentro da Sérvia, arrependendo-se logo em seguida. E concluiu dizendo: alguém tem que trazer o Cazaquistão de volta antes que algo grave aconteça. Ainda abrindo a lata de caviar, o Baloeiro perguntou: o que de grave pode acontecer, amigo? Não sei, respondeu o Senhor Oline, nunca aconteceu nada do tipo na minha guarda, não tenho histórico, mas sinto em meus ossos que algo terrível como o próprio fim do mundo pode ser desencadeado no processo. Depois de abrir a lata, o Baloeiro tirou dois garfos dobráveis do seu colete e ofereceu um para o Senhor Oline, que levantou a mão dizendo: não estou com fome. O Baloeiro passou o caviar em uma torrada e seguiu com suas perguntas: e a pedra não estava na Sérvia? Não, respondeu o Senhor Oline, procurei por todo o território e não a encontrei. E recapitulou toda a sua trajetória, passando por rios, bosques e castelos, revirando cada grão até tomar a única decisão lógica possível, seguir para a Turquia. Encontrei evidências de que a pedra passou por aqui e estou seguindo seu rastro, disse o Senhor Oline. Então está indo em direção ao Chile?, perguntou o Baloeiro. O Senhor Oline passou os dedos no bigode e concordou: se for preciso, estou indo até o fim do mundo.

Depois da Turquia, ficava o Chile. Bom, não era o Chile inteiro, apenas uma parte dele, a Ilha de Páscoa. Que também não era mais uma ilha, mas mantinha o nome para evitar burocracia. Antes o lugar mais isolado da Terra, a Ilha de Páscoa havia se cansado do título e arrastado seu território, junto com seus cabeçudos moais, para perto da Turquia. Nunca se soube direito o motivo da escolha. Muitos especularam que durante a grande peregrinação ela acabasse indo atrás da Espanha, por causa das facilidades linguísticas, ou procurasse a Nova Zelândia, um país que entenderia bem a sua crise de isolamento, ou, ainda, que iniciasse um relacionamento com as Ilhas Maurício e juntas constituíssem um feliz arquipélago. Quando a Ilha de Páscoa se aconchegou ao lado da Turquia, poucos entenderam, mas os dois se deram muito bem. Um casal de signos opostos que se atrai sem maiores justificativas celestes. O Chile demonstrou certos ciúmes, como uma mãe que vê a filha partir com o amor da sua vida, mas, no final, engoliu o orgulho mapuche e deixou para lá.

O Baloeiro comeu até raspar o metal com seu garfo dobrável, catando cada bolinha negra como se fossem pedacinhos de ônix. Estava muito bom, ele disse. Amassou a lata e a colocou na parte da cesta de vime dedicada à reciclagem, onde já havia uma boa centena de outras latas amassadas. Ele olhou para o Senhor Oline e perguntou: tem certeza de que não quer comer, amigo? Como pode ver, comida não falta por aqui. E o Senhor Oline olhou para aquelas latas todas e elas não pareciam apetitosas. Por mais que houvesse comida dentro delas, sem o olfato para lhe provocar não havia diferença entre uma lata de sardinha e uma lata de óleo para motor. Ele disse: não estou com fome, comerei alguma coisa quando pousarmos.

O Baloeiro sorriu, olhando para a chama que sustentava o balão no ar, e sentenciou: não vamos pousar. Como não, homem?, perguntou o Senhor Oline. Eu só pouso uma vez por ano para me abastecer de mantimentos e combustível, o resto dos dias fico voando. O coração do Senhor Oline deu pulos dentro do peito, acelerando de preocupação. Nervoso, preocupado com a sua pedra, ele perguntou: homem, e quanto tempo falta para descer de novo? O Baloeiro conferiu seu relógio de pulso e disse: duzentos e sessenta e três dias, doze horas e sete minutos.

ÂNCORA

Duzentos e sessenta e três dias, doze horas e sete minutos. Que absurdo! Duzentos e sessenta e três dias, doze horas e sete minutos. Onde já se viu? Duzentos e sessenta e três infernos, doze demônios e sete balbúrdias. O Senhor Oline não tinha todos aqueles dias. A pedra estava cada vez mais longe, cada vez mais perdida, cada vez mais apátrida, ele precisava seguir viagem naquele instante, não duzentos e sessenta e sei lá quantos dias depois. Enquanto andava em círculos sobre as latas, derrubando várias delas, o Senhor Oline repetia: pare o balão, homem, pare agora! Acalme-se, amigo, dizia o Baloeiro, acalme-se. A cesta de vime tremia com os passos do Guarda da Fronteira. Com a agitação, uma lata de espaguete dançou na beirada, rolando como um equilibrista sobre o precipício, até cair na escuridão do abismo. O Baloeiro esticou o braço para pegá-la no ar, mas já era tarde demais. Chega!, berrou o Baloeiro. E o Senhor Oline, bufando, apoiou as mãos na cesta e disse: balbúrdia de mil demônios, eu não deveria ter subido, eu não deveria ter confiado, eu não deveria estar pensando nas coisas que não deveria ter feito. Tentando voltar à racionalidade, o Baloeiro perguntou: onde o senhor pretende descer? Pamukkale, respondeu o Senhor Oline, logo antes de Istambul. Pois quando chegarmos à Pamukkale, eu abaixo o balão até mais ou menos dez metros de altura e você desce pela corda, do mesmo jeito que subiu. Ainda respirando forte, o Senhor Oline procurou algum sinal de mentira no rosto do Baloeiro, que disse: você vai ao chão, eu fico no ar. O Senhor Oline sentou-se em um fardo de latas de alcaparras, recuperando o próprio ritmo, e disse: eu tenho uma missão. E o Baloeiro assentiu: eu sei, vou lhe ajudar como prometi. E orientou o Senhor Oline a se aconchegar perto dos pêssegos, as latas eram um pouco maiores e funcionavam como travesseiro quando colocadas de lado. O Senhor Oline obedeceu. Os dois ficaram em silêncio, com apenas o barulho da chama preenchendo o espaço. Deitado, o Senhor Oline perguntou: me diga, por que você nunca desce do balão? É uma história triste, respondeu o Baloeiro. Eu já contei a minha história triste, chegou a sua vez, completou o Senhor Oline. O Baloeiro reduziu a chama e finalizou: está bem, amigo, você conhecerá a tragédia.

E durante a noite, o Baloeiro contou tudo. Quando garoto, costumava passear de balão com seu tio, o homem que o ensinou tudo o que sabia sobre voar. Em determinado dia, quando já estavam no ar por horas e horas e já tinham visto a Capadócia mais de uma vez, o tio sentiu vontade de ir ao banheiro. Como era velho, diferente do garoto que o acompanhava, não conseguia segurar por muito tempo. Os dois escolheram o topo de um morro e desceram até lá. O tio deixou o jovem Baloeiro encarregado de manter a altura certa, regulando para mais ou para menos a força da chama, e pulou para o morro. Para evitar imprevistos imprevisíveis, amarrou a ponta de uma corda na cesta de vime e a outra no próprio pulso. Encontrou um canto propício para se aliviar, abriu a braguilha das calças e cometeu um erro fatal: fechou os olhos. Ao relaxar os músculos para realizar o ato, já com as partes de fora, foi atacado por uma píton.

A píton, comum na Índia, um país muito próximo da Turquia naquela época, imobilizou o tio e quebrou seus ossos. Do balão, era possível ouvir um som de lenha estalando no fogo. Tec, tec, tec. O jovem Baloeiro gritou para o tio, que não reagia e tinha o corpo enrolado como um carretel. A serpente deslocou a mandíbula e, sem a menor educação, engoliu o tio por inteiro, de uma bocada só. Com a barriga cheia, a píton dormiu.

Era possível ver o contorno do tio dentro da cobra. E, saindo da boca, a corda que estava amarrada ao balão. O jovem Baloeiro ainda tinha esperança de que o tio, de alguma forma, conseguisse escapar. Por sete dias e sete noites, o garoto observou a digestão do animal. Os contornos do velho tio foram diminuindo. E diminuindo. E diminuindo. A píton voltou à sua forma habitual até que finalmente acordou. Depois de abrir a boca para um longo bocejo, a outra ponta da corda se libertou. Não havia ninguém amarrado nela. Sem o peso do tio para servir de âncora, o balão lentamente foi ganhando altitude.

A píton se arrastou para as pedras próximas.

O Baloeiro se arrastou para o céu.

ESPAGUETE

Com a ajuda do Baloeiro, em poucos dias não havia Turquia que restasse para ser vasculhada. O homem, inclusive, dormia pilotando o balão. Os olhos fechavam, mas o corpo executava com destreza toda manobra necessária.

Ao longe, era possível ver o objetivo tomando forma. As piscinas naturais de Pamukkale, que no turco da época significava castelo de algodão, eram consideradas patrimônio da humanidade. O Senhor Oline já havia lido sobre elas em seu manual. Degraus de calcário formavam pequenos lagos na montanha branca, por onde escorriam fios de água azul a mais ou menos trinta e cinco graus. Mas isso não importava. O Senhor Oline não era japonês, não estava ali para tirar fotos. Com os olhos no objetivo, ele disse: minha pedra espera além daquelas piscinas. E o Baloeiro, sempre tão expansivo, apenas respondeu: que bom. Você será lembrado como herói por todos os Guardas da Fronteira, disse o Senhor Oline. Ao contrário do que sempre fazia, o Baloeiro não disse nada. Algo o corroía por dentro. Algo peçonhento e ofídico.

No ritmo lento em que só os balões sabiam voar, os dois foram chegando perto. E mais perto. E bem perto. E perto estamos-passando. E perto que-diabos-você-está-fazendo. Desça, homem, disse o Senhor Oline. Mas o balão continuou na mesma altura. Desça conforme falamos! O Baloeiro se mantinha em pé, com a mão que segurava a alavanca de regulagem da chama estática. Ele olhava para o chão como se procurasse algo.

O Senhor Oline caminhou sobre as latas até o Baloeiro e o segurou pelos ombros com as duas mãos. Ele disse: desça agora, desça que preciso descer. Não posso, respondeu, por fim, o Baloeiro. Como não pode? O Baloeiro, com o olhar perdido, respondeu: ela está lá. E o Senhor Oline chacoalhava o Baloeiro pelos ombros perguntando: Quem está lá? Ela, ela está lá me esperando, vai quebrar meus ossos e me engolir, vai me digerir com seus ácidos. Nos olhos do Baloeiro, o Senhor Oline viu o reflexo da píton. Não há nenhuma serpente lá embaixo, ele disse. Mas o veneno do medo já circulava pelas veias do outro. Atrás de cada sombra no chão, o Baloeiro via os olhos da cobra. De mil cobras. O chão era feito delas. A única segurança era seguir seu itinerário e descer apenas na data marcada num local seguro. O Senhor Oline tentou, ele mesmo, acionar a alavanca para reduzir a chama e fazer o balão descer, porém o braço do Baloeiro era feito de aço e não permitia. Não cedia um milímetro. Mesmo com o peso do corpo puxando aquele braço, o Senhor Oline não conseguiu nada. O Baloeiro era uma estátua na cesta de vime.

E o vento, que não tinha nada a ver com a história, que nem sabia quem era o Senhor Oline ou o Baloeiro, que não se importava com pedras ou cobras e que já estava cansado de soprar para o mesmo lado há dias, mudou de direção. Pamukkale começou a tomar distância. O balão não iria descer. O vento não iria parar. A pedra seguiria em frente. O Baloeiro continuava em choque, repetindo baixinho: ossos, ossos, ossos. Mais uma vez o Senhor Oline se viu andando em círculos dentro da cesta de vime, derrubando novas latas e respirando forte. Poderia rasgar a lona do balão, fazendo o ar quente vazar e a altura diminuir. Ou cortar a mangueira do gás. Ou chutar o Baloeiro entre as penas. Pamukkale, Istambul, o Estreito de Bósforo e o caminho a ser seguido se despediam. O Mar Mediterrâneo se apresentava.

Sem tempo para pensar, sem vontade de violência, o Senhor Oline pulou do balão. A última coisa que viu foi o Baloeiro esticando o braço para tentar segurá-lo, como se o Senhor Oline fosse apenas mais uma lata de espaguete caindo no vazio.

ESCURIDÃO

Uma vez, um cachorro apareceu na fronteira da Sérvia com o Cazaquistão. O Pequeno Senhor Oline logo avisou o pai e perguntou: podemos ficar com ele? O pai olhou o animal, um salsicha preto e caramelo, ainda filhote, e perguntou: ele tem documentos? Não, disse o Pequeno Senhor Oline, está sem coleira. Então deixe-o do lado de lá, sem documentos ele não pode passar, finalizou o pai. Mas Lüge, como o cachorro foi chamado, porque a raça era alemã e Lüge era mentira em alemão, o cachorro de fato tinha pernas curtas, logo conquistou seu espaço. Em poucas semanas, descobriu-se que sabia latir em várias línguas. Parava ao lado do pai do Senhor Oline enquanto este estava trabalhando, porque todas as criaturas, humanas ou não, sempre gostam mais de quem as despreza, e trabalhava junto com ele. De acordo com a nacionalidade do passante, Lüge latia na língua nativa para colocá-lo no seu devido lugar. E o pai foi gostando de Lüge, mais até do que o Pequeno Senhor Oline gostava. O bicho trabalhava bem, estava sempre de prontidão, mordia os calcanhares de quem tentasse passar sem documentos. O Pequeno Senhor Oline tinha a impressão de que, por baixo do bigode, o pai até sorria. Lüge ganhou sua coleira e sua insígnia de Cão da Fronteira, podendo assim atravessar livremente e acompanhar o pai nas suas tarefas. Ganhou uma cama também, ao lado da cama do pai. E ganhou parvovirose. Começou como uma diarreia, que parecia não ser nada. Mas ela não passava com os dias e Lüge foi ficando fraco, não conseguia comer nem manter a prontidão e nem andar. Escorava a testa na perna do pai do Senhor Oline e ali ficava abatido. Veterinários deram soro ao animal, dizendo que era o máximo que podia ser feito. Na manhã de uma quinta-feira, o Pequeno Senhor Oline acordou para ver o pai, em pé, cutucando Lüge com a ponta da bota. Cutucava e dizia: mexe, Lüge! Cutucava e dizia: mexe, Lüge! Cutucou e disse: mexe. Lüge não se mexeu. O pai virou-se para o filho e disse: estou cansado de perder. Foi trabalhar em seguida, deixando ao Pequeno Senhor Oline a tarefa do enterro.

Outra vez, quando gostava de lamber o sal que se acumulava na tampa do saleiro após o uso, desobedecendo ordens diretas do pai, o Jovem Senhor Oline foi pego em flagrante. Como punição, o pai encheu uma colher de sopa de sal e disse: abre a boca. O Jovem Senhor Oline, sem outras opções, obedeceu. Recebeu aquela colher de sal inteira, cheia, transbordante, opressora. O pai prosseguiu: se gosta tanto, engole e vomita, se cospir, apanha. E ali o Jovem Senhor Oline se viu com um dilema nas mãos, ou melhor, na boca: escolher entre o ruim e o pior. Optou pelo caminho do meio, deixaria o sal na boca até vencer pelo cansaço. Mas o pai não cansava. E o sal derretia ao se misturar com a saliva e escorria para dentro do esôfago, tornando cada vez mais difícil a tarefa. Água, que falta fazia um gole de água. A baba salobra era o próprio oceano dentro da boca, se segurasse mais um pouco os celacantos nadariam entre os dentes. E não segurou. Engoliu todo o sal e toda a baba, que bateram no estômago e voltaram com pressa. O pai o olhou nos olhos, enquanto a boca do Jovem Senhor Oline ainda pingava, e disse: nunca mais. E nunca mais aconteceu.

Em uma quarta, o Viajante chegou trazendo um pequeno pote de vidro que não se lembrava de ter comprado na Inglaterra ou na Austrália. Parecia um pote de geleia com conteúdo muito escuro e denso. A empolgação era visível e o Viajante dizia: prove, Oline, prove! E o Senhor Oline exigiu os documentos do Viajante para que ele passasse pela fronteira e entrasse na sua cabana, onde então poderiam continuar a conversar sobre a mesa da cozinha. Lá dentro, o Viajante insistia dizendo: vamos, pegue uma colher e coma um pouco. O Senhor Oline, que nunca tinha visto o Viajante daquele jeito, indagou: por que a pressa, homem? É tão bom assim? Não, respondeu o Viajante, é a pior coisa que eu já comi na vida. E quer que eu coma? Claro, continuou o Viajante. E o Senhor Oline leu o que estava escrito na embalagem: geleia de levedura. Abriu a tampa e sentiu o cheiro da substância, um odor forte de caldo de carne. Como puro ou passo no pão?, perguntou o Senhor Oline. Você decide como quer sofrer, completou o Viajante. E o Senhor Oline, que gostava muito de pão, decidiu não estragar o pouco que tinha. Pegou uma colher na gaveta de talheres e a mergulhou no pequeno pote, tirando uma grande quantidade da coisa. O Viajante tentou advertir: cuidado,

Oline, é poderoso. E o Senhor Oline, cheio de si, ignorou o conselho do companheiro. Colocou tudo na boca.

Não era bom. Depois ficou ruim. Depois muito ruim. Depois pior. Depois horrível. Depois intragável. Depois a morte na língua. Aquilo se agarrava nas papilas gustativas e não soltava de jeito nenhum. Desesperado, o Senhor Oline encheu um copo d'água e o bebeu de um só gole, mas era como se a gosma tivesse impermeabilizado a boca, de modo que a água não teve efeito nenhum além de levar o inferno para dentro do corpo. O Viajante, que se divertia com a cena, por fim disse: coma algo sólido para limpar, é o único jeito, sem isso o gosto vai ficar cerca de três horas na sua boca. E o Senhor Oline recorreu finalmente ao seu pouco e precioso pão, que guardava com tanto carinho, que nunca perdia os lacres da embalagem para que estivesse sempre fresco. Comeu com gosto, limpando a porcaria de si. Por que me deu isso?, perguntou o Senhor Oline. O Viajante fechou o potinho e disse: nem só o que é bom é memorável.

Em uma segunda, o Livreiro passou com suas enciclopédias. Ele mostrou os documentos, que estavam em ordem, e atravessou a fronteira. Porém, não foi embora. Ele se deteve ao atravessar e perguntou: o senhor, nobre Guarda da Fronteira, não estaria interessado em um pouco de conhecimento? O Senhor Oline, que nem se virava para encarar o outro, pois se o fizesse tiraria os olhos da fronteira, respondeu: tenho todo o conhecimento que preciso. Mas é impossível ter todo o conhecimento, afinal novas coisas são descobertas todos os dias e, assim, o que você sabia ontem já não é mais tudo a ser sabido hoje. O Livreiro então abriu a maleta e mostrou os volumes ao Senhor Oline, dizendo:

veja, esta é a última edição revisada, nela até mesmo as invenções de ontem estão presentes. O Senhor Oline comparou aqueles tomos todos com seu único e grosso exemplar do Manual dos Guardas da Fronteira, que tinha mais ou menos a sua idade e nunca lhe havia deixado na mão. Não tenho interesse, ele disse, pode seguir viagem. E o Livreiro estendeu a mão para cumprimentar o Senhor Oline, que, sem escolha, estendeu a sua também. O aperto do Senhor Oline era firme, com propósito e caráter. O do Livreiro não. Era frouxo como segurar frango cru.

Em uma noite sem Lua, o Pequeniníssimo Senhor Oline correu para a Sérvia atrás de um vaga-lume e se perdeu. Ele seguia o inseto em pausas. Quando brilhava, corria até ele. Quando apagava, esperava a próxima chance. Até que o inseto apagou e não brilhou mais. Por ser pequeno, ainda não conhecia os caminhos ao redor e a falta de luz o confundiu. Como toda pessoa que se perde, sempre que tentava voltar acabava mais perdido. E o Pequeniníssimo Senhor Oline agachou-se na Sérvia e começou a chorar baixinho. Era um choro sentido, de criança, quando as piores coisas do mundo passam pela cabeça. Nunca mais ver o pai, nunca mais brincar, nunca mais comer areia. O pai o encontrou logo em seguida e perguntou: por que está chorando, Oline? E o Pequeniníssimo Senhor Oline respondeu: porque está escuro e não sei voltar. O pai sentou-se ao lado da criança e apontou para o céu. A Terra, Oline, é dividida em dois hemisférios, o Norte e o Sul, ele disse, nós estamos no Norte, então nos orientamos através daquela estrela. O Pequeniníssimo Senhor Oline seguiu o dedo do pai até encontrar Polaris, a Estrela do Norte, a mais brilhante da constelação de Ursa Maior. Sabendo encontrar aquela estrela, nunca mais estará perdido, disse o pai. Aquele era um momento raro, nunca o Pequeniníssimo Senhor Oline havia estado com o pai fora da fronteira. O pai, inclusive, tentava disfarçar a respiração ofegante e os olhos molhados. Os dois passaram horas falando sobre as estrelas, até o Pequeniníssimo Senhor Oline perguntar: qual a diferença entre o hemistério Sul e o hemistério Norte? E o pai respondeu: o hemisfério Sul aponta para o centro da galáxia, por isso tem mais estrelas. O Pequeniníssimo Senhor Oline pensou e, logo em seguida, perguntou: algum dia podemos sair da fronteira e visitar as estrelas do hemistério Sul? O pai perdeu o sorriso e disse: sair da fronteira? Vamos para casa. E o certo é HemisFÉrio.

Em uma terça, o Senhor Oline acordou.

ILHA

O Senhor Oline abriu os olhos com saudade, tristeza e gosto de geleia de levedura na boca. Nunca havia sonhado com fluidez e por isso não sabia ao certo como reagir. As memórias do pai, o Viajante, sua fronteira. Era inexperiente no assunto, nada o avisara que o sonho era, de fato, um sonho.

Talvez o Baloeiro e todo o resto também fossem fruto da sua recém-descoberta imaginação. Talvez toda a jornada fosse inventada pela sua cabeça. Mas como sonhador de primeira viagem, era improvável que sonhasse tão bem e com tantos detalhes. Deitado, como descobriu que estava, apalpou o bolso da calça e encontrou o garfo dobrável do Baloeiro. Um sonho teria sido fácil demais. Em algum lugar do mundo, uma pedra do Cazaquistão ainda esperava resgate, e só uma pessoa poderia realizar tal feito. E essa pessoa era o Senhor Oline.

Olhou para cima e se deparou com um teto rústico, feito de palha. O ar que respirava não era turco, era salgado demais. Estava em uma cabana sem cômodos, tão pequena que toda ela se encaixava em seu campo de visão sem que ele precisasse virar a cabeça. Em frente à cama, uma porta aberta. À direita da porta, caniços e anzóis e linhas e azagaias colocadas na parede como ferramentas de precisão. À esquerda, um armário simples com duas portas, um fogão à lenha sem brasa viva e uma estante com poucos livros de páginas amarelas e tortas. Sobre o fogão, uma panela de ferro já preta de tanto uso. Excessos não cabiam naquele espaço, era uma casa prática onde tudo tinha uma utilidade explícita e estava onde deveria estar. Não que o Senhor Oline tivesse entrado em muitas casas na vida, pois não tinha, conhecia apenas a sua cabana na fronteira, mas pelas fotografias no seu manual era possível aprender muita coisa.

Ouviu o que pareciam ser passos do lado de fora. Pés afundavam na areia em barulho ritmado. Um, depois o outro. Um, depois o outro. Era possível ouvi-los contornando a cabana, bem perto das paredes de madeira. Com o brilho do Sol às costas, um vulto finalmente preencheu o vão da porta. O contraste escondia por completo aquelas feições, que só foram reveladas no momento em que os pés deixaram a areia de fora e pisaram no tapete de palha dentro da cabana. A Pescadora entrou pingando água dos cabelos duros e carregando um robalo no ombro. Vejo que acordou, ela disse com um sorriso. Em seguida, escolheu uma faca afiada da parede de ferramentas e, sem nenhuma explicação, como se um desconhecido deitado em sua cama fosse tão normal quanto respirar, virou as costas e saiu com o robalo.

Após o choque inicial, percebendo que continuaria no escuro se não fizesse nada, o Senhor Oline decidiu sair também. Todos os ossos e articulações foram contra, gemendo ao menor sinal de movimento. Sentar-se à beira da cama colocou gotas de suor nas têmporas. Levantar o fez morder a língua tamanha concentração. Para caminhar, precisou que as mãos ajudassem as pernas. Segurava o joelho direito com as duas mãos e o dobrava, criando um passo forçado. Segurava o joelho esquerdo e o dobrava do mesmo jeito, criando um passo forçado do outro lado. Pular de um balão cobrava seu preço. Vagaroso, porém contínuo, conseguiu chegar ao lado de fora.

A Pescadora estava sentada em um pequeno banco de madeira bem perto de onde as ondas invadiam a areia. Com a faca, escamava o robalo, da cabeça ao rabo. As ondas vinham, ela limpava a faca. As ondas iam, ela escamava o robalo. Como está se sentindo?, ela perguntou. Não sei responder, disse o Senhor Oline. Ela coçou o cabelo com o cabo de plástico branco da faca e disse: posso garantir que está melhor do que quando chegou. E como eu cheguei?, perguntou o Senhor Oline. Boiando, você veio pelo mar e encalhou na minha praia. Com a lâmina, a Pescadora iniciou a decapitação do enorme robalo. A cabeça desse peixe é dura, ela disse, é preciso uma batida no lugar certo. Ela levantou a faca e desceu com precisão na cervical do animal. Cabeça prum lado, peixe pro outro. Pronto, ela disse. O Senhor Oline, observando tudo, tentou ser prático: quanto tempo fiquei dormindo? A Pescadora pegou a faca suja de vísceras e escamas e deu batidinhas com a lateral da lâmina na própria testa, em seguida disse: dois dias, mas já devia estar boiando há algum tempo, estava todo enrugado.

E dali de onde estava, o Senhor Oline pode conferir seus arredores. A ilha era muito pequena, muito mesmo, um grão de areia no mar. A cabana ficava ao centro, vigiada por dois coqueiros. Havia um poço de pedra com um balde pendurado na corda. Dado o formato da ilha, como uma meia-lua, eles estavam na enseada, onde as ondas eram mais brandas. Não era possível ver a costa mais próxima e, o mais impressionante, não havia nenhum barco. Nenhum bote. Nenhuma jangada. Nada que pudesse ser considerado uma embarcação ou veículo aquático. Tentando manter a compostura, o Senhor Oline perguntou: em que país estamos? Nenhum, respondeu a Pescadora. Impossível, todo pedaço de terra pertence a alguém, todo chão tem dono. A Pescadora tirou um longo filé do robalo e disse: este não tem, por isso é perfeito. Mas e as leis e os tratados e as fronteiras e os impostos e as autoridades e os papéis para assinar e os documentos com foto?, perguntou o Senhor Oline. Não sei de nada disso, respondeu a Pescadora. E explicou que aquela ilha, por ser tão pequena, havia sido esquecida. Que era ínfima até para o mais poderoso satélite espião.

É preciso corrigir este erro, disse o Senhor Oline.

Não existe erro, rebateu a Pescadora.

Alguém precisa ser avisado.

Ninguém precisa ser avisado.

Eu vou resolver este problema para você.

Não há problema nenhum para ser resolvido para mim.

Voltarei com as autoridades e

Chega!, disse a Pescadora ao cravar a faca na areia. O Senhor Oline deu um passo para trás, era como se a mulher de repente fosse selvagem. Qual seu nome?, perguntou a Pescadora. Oline, respondeu o Senhor Oline. Pois escute, Oline, vá embora, eu salvei sua vida e você me deve, me pague com sua ausência e seu esquecimento. Ela pegou novamente a faca, apontou para o horizonte e disse: amanhã bem cedo, entre no mar e nade nessa direção, ao final do dia você chegará em terra firme, vai encontrar um país com leis e bandeiras ridículas, como as que você gosta. Vá e não volte mais. E o Senhor Oline, refém das próprias deficiências, olhou a grande e inevitável massa de água que o separava do seu objetivo e disse: não sei nadar.

SUBMARINO

O Senhor Oline era um excelente nadador teórico. Havia tirado nota máxima em todas as provas escritas de natação exigidas durante o Curso de Formação de Guardas da Fronteiras. Sabia qual o ângulo perfeito para inclinar os pés durante o nado de peito, a quantidade de braçadas entre cada puxada de ar do estilo livre e até as raças mais indicadas para o estilo cachorrinho. Porém, por motivos geográficos óbvios, que derivavam do fato da fronteira da Sérvia com o Cazaquistão não possuir um corpo de água por perto, e também por sua cabana não ser equipada com piscina, jamais havia posto em prática seu conhecimento. Foi combinado, entre ele e a Pescadora, para a infelicidade da mesma, que ela o ensinaria apenas o suficiente para que ele sumisse. O Senhor Oline concordou, era do seu interesse colocar-se em marcha. Era do interesse da Pescadora que ele fosse e não morresse afogado, se isso acontecesse, afinal, voltaria boiando para a ilha. Minha ilha não é cemitério, ela disse por fim.

Na manhã seguinte, ainda com o corpo dolorido, o Senhor Oline levantou-se do tapete de palha, pois agora que estava consciente era ali que dormia, e se viu sozinho. O Sol ainda era tímido, mas a Pescadora já não estava mais na cama. Saindo até a praia, o Senhor Oline vislumbrou sua professora em ação.

Com a água um pouco abaixo da cintura, a Pescadora observava o mar com uma tarrafa armada nas mãos. O Senhor Oline procurava entender o que ela inspecionava nas águas, pois para ele era tudo igual. As ondas vinham leves e na mesma cadência. Nada brilhava, nada acontecia, nada mudava. A superfície da enseada não contava seus segredos ao Senhor Oline como sussurrava para a Pescadora. Até que, sem aviso, a mulher girou o tronco com violência e arremessou a rede para o alto. A malha se abriu no ar, e se abriu mais e mais, e sobrevoou o oceano num círculo perfeito. O primeiro peso tocou a água e foi seguido por todos os outros em sequência, sumindo sob as ondas. A pescadora recolheu a rede e, presas no rufo, a bolsa formada na parte de baixo da tarrafa, duas tainhas se debatiam. Temos almoço, disse a Pescadora. Sua aula já pode começar.

Depois de limpar as tainhas, peixes mais sanguíneos que o robalo, os dois se encontraram na enseada. A primeira aula não era difícil. O Senhor Oline deveria boiar. Boiar do mesmo jeito que boiou para chegar até a ilha. E isso parecia simples demais, de forma que o Senhor Oline imaginou que no próximo dia já estaria apto a seguir viagem. Ele entrou na água, abriu os braços, abdicou da sustentação das pernas e dos pés e soltou o corpo. Afundou. Afundou feito uma pedra. Como se no lugar de carne fosse feito de chumbo. Precisou rastejar na areia do fundo até a praia para não morrer afogado. Chegou esbaforido e encontrou a Pescadora muito séria. Ela perguntou: o que foi isso? Eu tentei boiar, respondeu o Senhor Oline. O que você fez não se parece nada com boiar, veja. E ela reproduziu exatamente os movimentos que o Senhor Oline havia feito. Abriu os braços, abdicou da sustentação das pernas e pés e soltou-se na superfície da água. Balançou ao sabor das ondas até se levantar novamente. Viu? O Senhor Oline foi até o exato local onde ela havia boiado, imaginando que ali o oceano seria mais gentil, e repetiu o processo. Foi ao fundo novamente. A Pescadora o puxou para cima, evitando a morte certa.

Passaram o primeiro dia inteiro tentando fazer o Senhor Oline boiar. E os resultados continuaram insatisfatórios. A Pescadora o fez ficar de cuecas para que a roupa não atrapalhasse. O fez tentar de costas e de frente e de lado. Tentou segurar as mãos para ver se o corpo seguia, mas assim que soltava o peso na água, o Senhor Oline encontrava o fundo rapidamente. E ele bateu pés, e respirou na orla por horas até se encher de oxigênio, e tentou boias de braço infantis. Nada funcionava. O Senhor Oline aprendeu a usar molinetes e carretilhas antes de aprender a boiar. Chegou a sugerir a construção de um barco, mas a Pescadora disse que não derrubaria seus dois coqueiros, e muito menos sua casa, em favor dele. Ele disse que ela poderia nadar até a costa e voltar com um barco, mas ela, como boa pescadora que era, tinha paciência demais para desistir.

Dias passaram. Enquanto assavam os peixes da manhã, a Pescadora externou suas dúvidas: o mais estranho é que você chegou boiando até aqui. Eu estava inconsciente, disse o Senhor Oline, não posso falar muito sobre isso. Inconsciente, remoeu a Pescadora. Ela mordeu um pedaço de tainha e tirou uma espinha da boca com os dedos, usando a pontinha do osso para palitar os dentes. Balbúrdia de mil demônios, disse o Senhor Oline, tudo o que quero é prosseguir com a minha missão, fazer meu trabalho, achar minha pedra. Missão, trabalho, pedra, pensou em voz alta a Pescadora. É isso! Você tem muita coisa dentro de si, seus pensamentos pesam demais. Ela se levantou num só movimento, agarrou a mão do Senhor Oline e o arrastou até a água com a força de um tsunami. Mergulhe agora, ela disse. Mas eu vou afundar. Mergulhe e grite tudo o que você pensa! Mas eu... Se você afundar eu puxo de volta, como a tarrafa velha e bigoduda que você é. O Senhor Oline observou as calmas água da enseada e suspirou. Mas me diga, por que debaixo d'água? Debaixo d'água fica entre você e os oceanos, eu não quero nada com isso, a Pescadora respondeu. Ele soltou a mão dela, respirou fundo e amoleceu as pernas.

No fundo do mar e de si, achava uma completa idiotice aquele pedido. Pensamentos pesados, que ridículo. Nada pesava nele, era íntegro e sem arrependimentos.

Mas, pensando bem, talvez pudesse ter feito algumas coisas diferentes. Não chegava a ser arrependimento, claro que não, eram apenas ponderações. Poderia ter perguntado o nome do Viajante. Poderia não ter jogado a pedra tão longe. Um pouco longe tudo bem, mas tão longe talvez tivesse sido um erro. Poderia não culpar tanto o pai pelo vazio que deixou de herança. Que difícil pensar no pai. Quanto tempo sem ele, que mesmo enterrado ainda parecia vivo e presente nos sermões. Tantas perguntas sedentas por resposta, era engraçado que estivesse rodeado de água. Por que fez o que fez, pai? Onde estavam os motivos invisíveis?

E concluiu o Senhor Oline que a Pescadora estava certa.

Aquilo pesava.

Muito.

Brlburlrburlrloroborlorblooooooo!, gritou o submerso Senhor Oline.

E boiou.

ÁGUA-VIVA

As aulas tornaram-se desnecessárias. Depois de boiar, colocar o conhecimento teórico em prática foi instantâneo. Inclusive, a natação ajudou a soltar as juntas do Senhor Oline, enferrujadas desde a queda do balão. Ele venceu a água tranquila da enseada e logo aventurou-se pelo mar bravo que reinava ao redor. A Pescadora acompanhava as braçadas ao lado dele, primeiro com apreensão, depois com certo orgulho. E os dois nadaram o dia inteiro. O Senhor Oline sentia prazer a cada gole de água salgada sorvido por engano. Encher os pulmões de ar depois de uma braçada o inflava de alegria. Poderia até mesmo desafiar as ondas gigantes de Nazaré, em Portugal. Era raro que descobrisse algo novo e nadar, em comparação com o que era descrito no Manual dos Guardas da Fronteira, era muito melhor do que estudar natação.

E os dois nadaram até as estrelas brilharem no céu, quando ficaram boiando de barriga para cima na pequena enseada. Qual é mesmo a sua missão?, perguntou a Pescadora. Os cabelos duros que ela tinha ficavam maleáveis na água, formando uma coroa negra no mar já escuro. Uma água-viva de escuridão. Eu sou Guarda da Fronteira, respondeu o Senhor Oline, preciso trazer um pedaço do Cazaquistão de volta. E se ele não quiser voltar? Ele não tem escolha. Os dois boiavam e o céu era todo deles. Me diga, por que você mora nessa ilha?, perguntou o Senhor Oline. Um dia eu a encontrei e gostei, disse a Pescadora. E por que sozinha? E a Pescadora respondeu: no momento eu gosto de ficar sozinha, quando cansar volto para perto das pessoas. E as iscas e as redes e os anzóis? São coisas, ela disse, coisas se acham e se compram e se fazem.

Embalados pela vontade das águas, os corpos foram se aproximando no ritmo das marolas até que dois dedos mindinhos se encostaram. Da mão direta dele e da mão esquerda dela. Nenhum fez questão de afastar. Qual país fica naquela direção?, perguntou o Senhor Oline. O México, sempre vou lá conversar e tomar tequila. E o Senhor Oline lembrou do distante gosto da tequila. E olhando as estrelas no céu, imaginando o mapa do mundo, já sabia onde estava e para onde deveria ir. Se o México era lá, um pequeno desvio seria ideal para continuar sua busca. E ele foi pensando e pensando, e traçando rotas e planos. Sua testa começou a franzir. Sua cabeça acelerou. Começou a pensar demais e submergir.

Você vai trazer as autoridades?

Não, respondeu o Senhor Oline.

Então volte algum dia.

E ele não pensou em mais nada depois.

TRAVESSIA

Na manhã seguinte, antes mesmo de a Pescadora acordar, o Senhor Oline já estava na água. Arrumou suas poucas coisas, uniforme e documentos, em um saco impermeável e deixou a pequena ilha para trás. Seu destino, no entanto, não era o México, como a Pescadora havia apontado. Ele não tinha negócios a tratar por lá. Sua rota o levaria ao país vizinho: a Coreia do Oeste.

Com a separação das Coreias, uma delas se deslocou para os lados da Europa e a outra ficou no mesmo lugar. Enquanto a fugitiva adotou o nome de Coreia do Oeste, pois ficava à Oeste da outra, a outra recusou-se a ser chamada de Coreia do Leste. Ela gostava do nome que tinha. Ele já estava em placas, estátuas, monumentos, carteiras de trabalho. Seria caro demais realizar a mudança. Então, depois de longos anos de paz, as duas Coreias entraram em guerra novamente, mesmo que já não compartilhassem uma fronteira física. A Coreia do Oeste jurou não descansar até que a outra mudasse o nome para Coreia do Leste. Norte e Sul. Leste e Oeste. O antagonismo geográfico histórico necessitava ser preservado a qualquer custo.

Ao cair da noite, depois de nadar o dia inteiro, o Senhor Oline pôde ouvir o som das bombas dos exercícios militares. Saiu da água, com as pontas dos dedos rugosas de tanta salmoura, e encontrou pelotões e mais pelotões na praia. Alguns corriam pela rua próxima, outros faziam flexões na areia, outros treinavam krav maga, um sistema de luta desenvolvido em Israel, mas que havia sido importado pelo governo oeste-coreano. Aviões passavam em formação, sirenes eram tocadas, submarinos disparavam torpedos de festim. O país vivia a guerra.

O Senhor Oline tirou as coisas da sacola impermeável e começou a se arrumar ali mesmo. Tratou de verificar se o uniforme estava aceitável depois de tantas horas de viagem. Segurou a calça com as duas mãos e a sacudiu ao vento para eliminar os amassados. Tudo bem com ela. Fez o mesmo com a camisa. Em ordem. Vestiu as roupas, calçou as botas, amarrou os cadarços e, por último, penteou o cabelo e o bigode. Havia nadado por cerca de doze horas e se sentia ótimo. Lavou as mãos nas ondas para se livrar da areia e, quando se virou, a Coreia do Oeste inteira mirava para ele. Os soldados que corriam, os que lutavam, os aviões, os submarinos, os cães farejadores, todos apontavam armas ao Senhor Oline, que levantou as mãos espalmadas e disse: sou um Guarda da Fronteira, tenho imunidade diplomática. O Soldado se aproximou e conferiu os documentos do Senhor Oline. Era estranho que, depois de tantos anos exigindo os documentos dos outros, alguém finalmente exigisse os seus. Levem-no ao quartel general, disse o Soldado. E o Senhor Oline foi colocado em um caminhão verde, coberto com lona verde, pilotado por homens vestidos de verde. Típico do exército.

Foi levado a um enorme prédio onde seguranças de uniforme verde abriram portões de grades verdes. Através de corredores e mais corredores, com portas fechadas e câmeras e senhas e verificação ocular, chegou à porta de uma grande sala oval. O Soldado deu dois passos para trás e, com a cabeça, indicou ao Senhor Oline que entrasse. Lá dentro, encontrou um homem de estatura abaixo da média. Seu uniforme era do mesmo verde militar de todo o exército, porém penduricalhos em seu peito indicavam alta patente. O quepe tinha louros amarelos, destacando o bordado. À frente dele, via-se um diorama da outra Coreia e do Mar Amarelo, onde o conflito acontecia, com miniaturas de todas as tropas alocadas na região. Toda a infantaria, os navios, os aviões, os submarinos em formação. As tropas inimigas também possuíam suas miniaturas, mas eram bem poucas e de cor diferente. Por sinal, qualquer um notaria que o inimigo estava cercado, sem saída, sem esperança. Um grande rádio ao lado do diorama recebeu uma mensagem do campo de batalha. A voz metálica disse: Aguardando ordens. O General pegou o microfone e respondeu: Atacar!

Em seguida, virou-se para o Senhor Oline e reconheceu o uniforme, fazendo um sinal para que o Soldado se retirasse. Guarda da Fronteira, hoje você irá presenciar a História.

GUERRA

Aguardando ordens, disse a voz metálica do rádio.

Atacar!, respondeu o General.

Ataque realizado com sucesso, informou o rádio depois de algum tempo.

O General organizou as miniaturas do diorama, avançando as tropas oeste-coreanas e eliminando tropas inimigas.

Aguardando ordens, disse o rádio.

Atacar!, respondeu o General.

Ataque realizado com sucesso, informou o rádio minutos depois.

Mais miniaturas foram retiradas do diorama de forma que as tropas aliadas penetraram ainda mais fundo na outra Coreia. Pelos cálculos do Senhor Oline, o último ataque seria o derradeiro. A quantidade de tropas inimigas já era muito pequena em comparação com as tropas do General.

Aguardando ordens, disse o rádio.

O General coçou a sobrancelha e disse: recuar!

Recuo realizado com sucesso, informou o rádio.

E aquela ordem soou muito estranha ao Senhor Oline. Tudo bem que era leigo na arte da guerra, mas se as proporções das miniaturas fossem minimamente proporcionais, não havia motivo para recuar naquele momento tão crucial. As tropas do General tinham uma vantagem de cinco para um contra os inimigos. Por que recuou?, perguntou o Senhor Oline, a vitória estava logo ali. A guerra é traiçoeira, senhor Guarda, o inimigo pode estar preparando uma emboscada, e é no auge do desespero que ele se torna mais perigoso, respondeu o General.

Aguardando ordens, disse o rádio.

Suspender ataques por hoje, ordenou o General.

Ataque suspenso.

O General olhou para o Senhor Oline e disse: amanhã a História será escrita. E o Senhor Oline foi conduzido por corredores até um alojamento simples, porém digno. Dormiu pontualmente com outros soldados. Mesmo que não fosse um soldado oeste-coreano, sabia o papel do dever e da obrigação. Nunca passou pela sua cabeça atrapalhar.

Na manhã seguinte, bem cedo, foi conduzido pelo mesmo Soldado até à mesma sala onde encontrou o mesmo General. Os dois se cumprimentaram com as mesmas cabeças e logo foram interrompidos pela voz metálica do rádio.

Aguardando ordens, disse o rádio.

O General analisou brevemente a posição das tropas no diorama e disse: atacar!

Ataque realizado com sucesso, informou o rádio.

O General retirou mais miniaturas do mapa.

Aguardando ordens, disse o rádio.

Recuar, disse o General.

Mas de novo?, perguntou o Senhor Oline. Sim, senhor Guarda, uma fera acuada luta com mais bravura, são vidas humanas que estão em minhas mãos, que vivem e morrem aos meus comandos, famílias são destruídas pela minha voz, não quero perder meus soldados por descuido, disse o General. Até então o Senhor Oline estava de acordo com a atitude do militar. Afinal, era um general, um especialista, deveria saber o que estava fazendo para ter chegado naquela posição e ter tanto poder sob seu nome.

Aguardando ordens, disse o rádio horas depois.

Atacar!, disse o General.

E o ataque aconteceu.

Aguardando ordens, disse o rádio.

Atacar!, disse o General.

E o ataque aconteceu.

E mais uma vez o General organizou seu exército de brinquedo sobre o diorama de forma que, no próximo ataque, a outra Coreia seria derrotada e obrigada a assumir o nome de Coreia do Leste.

Aguardando ordens, a voz metálica informou.

Pausa para o almoço, disse o General.

Almoço?, perguntou o Senhor Oline. Sim, claro, senhor Guarda, eu não quero soldados fracos no campo de batalha, quero soldados fortes e focados e bem alimentados, disse o General. E o Senhor Oline e o General aproveitaram para almoçar também. O militar tinha uma caixa contendo alimento de campanha para um pequeno esquadrão. Abrindo a caixa, era possível ver os itens separados em caixas ainda menores. Kimchi, café preto, pão, cigarros, fósforos, chocolates e chicletes. Chiclete aumenta o moral dos homens, disse o General. E os dois comeram bem. Enquanto comiam, o Senhor Oline finalmente explicou ao General a natureza da sua missão e sua necessidade de partir imediatamente. O General entendeu e disse: claro, senhor Guarda, assim que a guerra terminar, amanhã, você poderá seguir viagem. Amanhã? Não seria hoje o final da guerra? A guerra tem seus mistérios, senhor Guarda.

Aguardando ordens, disse o rádio.

Recuar para obter inteligência, disse o General.

E pelo resto do dia o Senhor Oline e o General ficaram se encarando em silêncio. Inteligência obtida com sucesso, informou o rádio.

Suspender ataque por hoje, sentenciou o General.

E o fim da guerra ficou para amanhã por diversos motivos. Era feriado, e onde já se viu fazer guerra no feriado? Não somos monstros, dizia o General. Estava chovendo e as tropas poderiam ficar gripadas. Estava fazendo muito sol e as tropas poderiam pegar uma insolação. Um dia foi dedicado ao retoque da pintura dos navios, afinal, em caso de vitória, ninguém gostaria de ver navios velhos durante a comemoração. Os tanques também interromperam a guerra, pois foi preciso trocar o estofamento do banco dos copilotos. O assento ejetor dos jatos foi substituído por um mais moderno, que ejetava o piloto cerca de meio segundo mais rápido. Cada soldado oeste-coreano importa, justificou o General. A munição foi descartada por estar fora do prazo de validade e novos cartuchos foram encomendados da Rússia. Até os cadarços dos coturnos foram trocados por um modelo ainda mais verde. É para ajudar na camuflagem, senhor Guarda. Coisa da guerra.

Aguardando ordens, disse o rádio dias e dias depois.

Atacar!, disse o General.

Balbúrdia de mil demônios, disse baixinho o Senhor Oline.

E o ataque aconteceu.

Aguardando ordens, disse o rádio.

O General coçou o nariz e analisou as tropas em miniatura. Não havia o que analisar. Aquelas semanas imerso na guerra mostravam isso ao Senhor Oline. A vitória estava a uma palavra de distância. O militar ajustou o quepe na cabeça e esticou a mão para o grande rádio verde. Porém, antes que o General pudesse falar qualquer coisa, o Senhor Oline, já sem paciência, pegou o rádio e disse: atacar!

E o ataque aconteceu.

Silêncio preencheu a sala.

Ataque realizado com sucesso. Vencemos, senhor, disse o rádio.

E a notícia do final da guerra se espalhou como fogo em pólvora. As ruas foram tomadas pela população em festa. Carros, apitos, papel picado, gente correndo sem sentido. Os soldados voltariam para casa e se casariam com as esposas prometidas. Heróis de guerra seriam exaltados. Estátuas, músicas, livros, cemitérios. Aquelas milhares de mortes não haviam sido em vão, a outra Coreia finalmente se chamaria Coreia do Leste.

No meio da festa, o General afundava, taciturno, em sua cadeira. Tirou o quepe e o segurou com as duas mãos, observando os louros bordados. A guerra acabou, ele disse. Sim, disse o Senhor Oline. O que eu faço agora?, perguntou o General. O Senhor Oline levantou-se da cadeira e caminhou até a janela, olhando a população tomar as ruas. Não faço a menor ideia, ele respondeu. O General deu um tapinha no quepe, como que tirando a poeira que nem existia e disse: para que serve um general quando não se tem uma guerra para guerrear? E olhando a grande comemoração do lado de fora, com todo aquele papel picado voando e comidas e bebidas e preservativos, o Senhor Oline disse: ele pode ajudar limpando a bagunça.

E a pé, no meio da festa, o Senhor Oline deixou a Coreia do Oeste para trás.

ENGANO

A Coreia do Oeste era recheada de morros e vales de modo que o país era um imenso sobe e desce. Parecia o mar na tempestade, sendo o Senhor Oline um pequeno barco que aos poucos vencia os tsunamis do relevo. Por sorte, não era um país muito extenso, mesmo que cansativo. Mas o que era o cansaço frente ao dever?

E, ao final do país, mais uma vez, o Senhor Oline se viu chegando a uma cabana que lembrava muito a sua própria na fronteira da Sérvia com o Cazaquistão. À distância, viu a cancela abaixada e o Guarda da Fronteira de prontidão. Obviamente. O movimento era pequeno, a Coreia do Oeste até então estava em guerra e turistas só gostavam de guerras em museus. Com isso, não havia filas de passantes. Mesmo assim, o Senhor Oline encontrou seus documentos no bolso e os deixou a postos.

O outro Guarda da Fronteira colocou a mão sobre os olhos para que o Sol não atrapalhasse a visão e imediatamente reconheceu o uniforme que se aproximava, erguendo a cancela. Mas que absurdo, pensou o Senhor Oline.

Aquilo estava errado, os documentos deveriam ser verificados antes de qualquer liberação. Um crime de conduta! O Guarda da Fronteira esperou que o Senhor Oline se aproximasse o suficiente para que não precisasse gritar e perguntou: o senhor, por acaso, não seria o Senhor Oline? E, depois de um breve susto, o Senhor Oline respondeu: sim, sou eu o Senhor Oline, por quê? Percebendo a confusão do colega, o Guarda da Fronteira tratou de explicar: estamos autorizados a liberar a sua passagem, livremente, por qualquer fronteira do mundo.

Aquilo só podia ser um erro. Aquele Guarda da Fronteira era jovem demais para ser competente. Onde já se viu? Ninguém estava acima do Manual dos Guardas da Fronteira. Mas, ao mesmo tempo em que suspeitava da situação, o Senhor Oline também estava atrasado em sua busca. Os desvios do planejamento eram cada vez maiores. Ossos quebrados na Turquia, uma guerra finalizada na Coreia do Oeste, aprender a nadar na Ilha Sem Dono. Se pudesse não perder tempo naquela fronteira seria ótimo. E, além do mais, o Senhor Oline era o próprio Senhor Oline, não estava mentindo ou enganando ninguém. Talvez estivesse dando um pequeno passo fora do protocolo, mas o que era um pequeno passo comparado com toda a extensão da sua jornada?

O Senhor Oline caminhou firme através da fronteira e disse: eu não sei do que você está falando, jovem, mas aceitarei sua ajuda. Ele apontou para frente e completou, seguirei para a Áustria. O outro Guarda da Fronteira, percebendo o grande erro que se formava, colocou-se em frente ao Senhor Oline e abriu os braços, barrando a passagem.

Senhor Oline, veja... como posso dizer... as coisas mudaram um pouco desde que o senhor deixou o seu posto. Mudaram como, jovem? O jovem procurou palavras capazes de tornar aquela mensagem mais suave, mas não havia forma branda o suficiente para tamanha má notícia: senhor, a Áustria não fica mais aí.

MAPA

Uma nova abordagem para os anseios migratórios dos países havia sido elaborada durante a ausência do Senhor Oline. O próprio Escritório Central dos Guardas da Fronteira assinava o decreto. Antes, cada país deveria permanecer em seu lugar, as mudanças já haviam acontecido, causado seus problemas e estavam controladas. Porém, depois de muitas reivindicações dos governos, e duelos de facas entre ministros, um novo conceito foi elaborado: a Permuta Consentida. Caso dois países entrassem em acordo, poderiam mudar de lugar livremente, cabendo aos Guardas da Fronteira não impedir, mas supervisionar o processo. O encaixe das fronteiras era complicado e, por isso mesmo, o contingente passou a receber reforços constantes.

Após ouvir a explicação do Guarda da Fronteira, o Senhor Oline, pasmo com o desmoronamento das suas certezas, perguntou: e a Sérvia? E o Cazaquistão? Fique calmo, Senhor Oline, Sérvia e Cazaquistão continuam onde Sérvia e Cazaquistão estavam. O outro entrou em sua cabana e trouxe de lá a novíssima e atualizadíssima versão do mapa-múndi. Correu o dedo indicador pelas latitudes e longitudes até apontar o exato local da cabana do Senhor Oline e disse: veja, tudo no lugar. Mas não estava tudo no lugar. Algumas coisas sim, mas tudo não. Tudo era um exagero. A Terra continuava feita de terra e os oceanos feitos de água, mas os países haviam sido batidos no liquidificador. A Argentina estava na Bélgica. O Congo na Albânia. Peru em Cuba, Portugal em Belarus, Uruguai no Zimbábue, São Tomé e Príncipe em São Vicente e Granadinas, Guatemala nas Ilhas Marshall, Macedônia em Malaui, Santa Lúcia em São Cristóvão e Névis, Senegal no Sri Lanka, França em Fiji, Brunei na Bulgária, Gana em Guiné. O mundo era o mesmo. E não era mais.

O Senhor Oline conferia Norte e Sul, Leste e Oeste. Percorria com os olhos o Trópico de Câncer e replicava o gesto com o Trópico de Capricórnio. Deitava o mapa de um lado, deitava do outro, virava de cabeça para baixo. Procurou nas costas do papel algum conforto. Não que não entendesse o mapa, pois entender mapas fazia parte mais do que da sua profissão, mas do seu sangue. Ele apenas não aceitava aquilo. Queria dizer que estava tudo errado, mas um mapa distribuído pela Central de Distribuição dos Guardas da Fronteira jamais estaria. Os carimbos estavam nos lugares certos, diferente dos países coloridos no papel. O Guarda da Fronteira, feliz por ajudar, disse: fique com este mapa, Senhor Oline, vai ajudá-lo daqui pra frente. E o Senhor Oline, mascarando os sentimentos, perguntou: você ainda tem o mapa antigo, jovem? O Guarda da Fronteira entrou novamente na sua cabana e trouxe de lá uma cópia em bom estado do mapa anterior. O Senhor Oline o desenrolou e conferiu: países do tamanho certo, mares do tamanho certo, selo da Central de Distribuição dos Guardas da Fronteira no lugar certo. Dobrou o mapa novo e o devolveu para o colega. Em seguida, guardou o mapa velho no bolso do uniforme. Vou ficar com este aqui, jovem, disse o Senhor Oline. E o Guarda da Fronteira, com o cenho franzido, rebateu: mas, Senhor Oline, esse aí não funciona mais. O Senhor Oline, com um leve sorriso de saudade, disse: funciona para mim. Passar bem.

E assim o Senhor Oline atravessou a fronteira rumo ao desconhecido.

CASA

O orgulho constituía grande parte do Senhor Oline, cerca de noventa e oito por cento. O restante era reservado para funções motoras básicas e higiene pessoal. Qualquer um se orgulharia caso desempenhasse a função de Guarda da Fronteira há tantos anos e com tanto esmero. Porém, o orgulho era uma armadilha e muitas coisas das quais o Senhor Oline não se orgulhava eram fruto dele. Foi o orgulho que o fez agarrar-se ao mapa antigo e seguir em frente. E também era ele a resposta para a questão crucial do momento: que diabos de país era aquele?

No calor da emoção, não havia perguntado ao outro guarda e seu mapa velho era inútil. Quando sabia onde pisava era fácil associar as informações do Manual dos Guardas da Fronteira com a realidade. Um trabalho de confirmação. Porém, naquele momento, às cegas, era preciso outro trabalho, o de descoberta. E o Senhor Oline era péssimo em descobrir coisas novas.

Primeiro encontrou um rio e não soube que nome dar a ele. Na verdade, o rio evidentemente já possuía um nome, o Senhor Oline é que não sabia qual era. Existiam rios inconfundíveis no mundo, como o Amazonas, o Nilo, o Ganges. Mas como diferenciar o Rio Ogooué, no Gabão, do Rio Yantzé, na China? O mesmo se repetiu com cada montanha, lago e floresta. O Senhor Oline estava no meio de um tabuleiro de sudoku com mil linhas, mil colunas e nenhum número inicial. Mas nem por isso deixou de avançar. Afinal, se desistisse, não saberia como voltar para casa.

No meio de tantas incertezas, a certeza que tinha não era animadora. A trajetória que havia calculado na Turquia havia perdido a validade. Com os países embaralhados, seguir em linha reta estava fora de cogitação. Sua pedra poderia ter aterrissado em um país que trocou de lugar com outro, que trocou de lugar com outro, que trocou de lugar com outro. Não havia caminho certo. Ir em frente poderia significar andar de lado.

Ao cair da noite, ainda em solo desconhecido, avistou uma cabana no topo de uma colina. Decidiu ir até lá e pedir um copo d'água, um pedaço de pão e, como quem não quer nada, perguntar em que país estava. Com a resposta, traçaria um plano de busca mais eficiente. Aquelas dúvidas todas o matavam por dentro, desejava voltar a ser o velho Senhor Oline. Reto e focado. Quando estava na sua fronteira, não se distraía com facilidade, não questionava nada porque não havia o que ser questionado. Havia o trabalho e a vida era gratificante. Ele dizia: esta é a minha fronteira. Exigia documentos dos passantes e ficava satisfeito. A vida era simples e sem balões, perdições e natações.

Mas, a cinquenta metros da casa, algo o fez parar: o cheiro de avocados. Já havia sentido antes, lá na sua cabana na fronteira da Sérvia com o Cazaquistão. Deu mais uns passos a frente para confirmar. A quarenta metros, sentiu o cheiro de cupuaçu. A trinta, de curry. Com vinte metros entre ele e a casa, o cheiro de wasabi tornou-se inconfundível. O nariz o guiava e, a cada passo, mais cheiros emanavam do lugar. Pêssegos chineses, anis estrelado, canela, açafrão, açúcar mascavo. Aquela construção tinha todos os cheiros do mundo.

A dez metros de distância, o Senhor Oline ouviu uma voz:

Oline, é você aí fora?

NEVE

O Viajante recebeu o Senhor Oline com festa. Convidou o amigo para entrar e disse: então finalmente você deus uns passos mais para lá ou mais para cá, Oline. E o Senhor Oline, surpreso pelo encontro, deixou-se ser conduzido casa adentro. Suas emoções variavam da alegria para a raiva, da raiva para a tristeza e da tristeza para a fome. Os dois sentaram-se à mesa de jantar e o Viajante pediu que tudo de melhor fosse servido. E tomaram pisco peruano, arak palestino, vodka russa, cachaça brasileira, tequila mexicana e vinho chileno. E comeram quesadillas, baiacus, wagyus e caranguejos. Cada garrafa e cada mordida tinham o sabor de uma história. O pisco do Viajante não era um pisco comprado em supermercado, era o pisco produzido artesanalmente na altitude de Machu Picchu. O arak continha água do Mar Morto. Os baiacus, venenosos e letais, eram cortados com aço japonês de mil dobras. Os caranguejos reais haviam sido pescados pessoalmente pelo Viajante durante uma temporada de pesca embarcada no Alaska. O Senhor Oline já conhecia todas aquelas histórias, mas se recusava a interromper o Viajante. Não se importava em ouvir de novo e de novo.

Após a comilança, o Viajante atiçou o fogo da lareira e perguntou: afinal, o que te traz até aqui, Oline? E o Senhor Oline contou da sua pedra e de tudo o que ela tinha causado. Contou que estava perto do seu objetivo, mas, de repente, se via desnorteado num mundo novo demais. Já pensou em deixar essa pedra para lá, Oline?, perguntou o Viajante. Jamais, homem, minha pedra é o meu trabalho, e o meu trabalho é maior que eu, é colossal a minha responsabilidade. O Viajante respirou fundo, como se já tivesse ouvido aquilo antes, porque de fato tinha, e disse: venha, Oline, quero lhe mostrar uma coisa.

E os dois foram entrando pelos corredores e passando por portas. Como se a casa fosse maior por dentro do que por fora. O Viajante levou o Senhor Oline até uma sala onde guardava a sua coleção de globos de neve. Por todos os lugares que passava, além de quitutes da culinária local, o Viajante trazia um globo de neve como recordação. Mesmo que em alguns casos a neve fosse feita de areia ou lantejoulas. Trouxe um quase que sem querer uma vez e meus filhos adoraram, gostaram tanto que me fizeram trazer um de cada lugar que visitei, ele disse. Nunca pude voltar para casa sem um desses. Dentro das esferas de vidro recheadas de água era possível encontrar monumentos como a Grande Esfinge de Gizé, a Torre Eiffel, a Torre de Pisa e o Colosso de Rodes Reconstruído. Maravilhas naturais como o Monte Fuji, no Japão, a Baía de Ha Long, no Vietnã e o Parque Nacional de Komodo, na Indonésia. Símbolos culturais também estavam presentes, como um membro da guarda real britânica, tamancos de madeira holandeses e um boi bumbá brasileiro. Todo país tinha um pedaço em miniatura naquela sala. E o Senhor Oline não entendia o que fazia ali.

O Viajante foi até o globo onde se lia Sérvia, uma réplica molhada do Castelo de Kalemegdan, o maior de Belgrado, e tirou debaixo dele um envelope muito amarelo e velho. Seu pai me entregou esta carta anos atrás, me pediu segredo absoluto, mas alguns segredos dos mortos acabam machucando demais os vivos, disse o Viajante. E o Senhor Oline espalmou as duas mãos em negativa e disse: balbúrdia de mil demônios, homem, não vou desrespeitar um pedido de meu pai. Leia, Oline, tudo começa com a Grande Tempestade de Areia, a tempestade que mudou sua vida antes de você nascer.

Abra o envelope.

E o Senhor Oline abriu.

TEMPESTADE

Querido Viajante,

Os dias têm sido muito difíceis e não consigo mais guardar no peito minha resolução. Você é meu amigo mais próximo e por isso será fiador da minha promessa.

Eu falhei, amigo. Falhei como Guarda da Fronteira, esposo e pai. A Grande Tempestade de Areia, a maior missão da minha carreira, mudou mais do que a geografia do mundo. Fiquei meses fora, desembaralhando a Sérvia e o Cazaquistão. Admito que muitas vezes já não sabia o que era o quê e simplesmente jogava uma moeda para decidir de qual país era o pedaço de chão onde eu trabalhava. Que nenhum Guarda da Fronteira leia isso, por favor.

Eu pensava muito na minha esposa grávida e no bebê. Havia escolhido o nome Oline, em homenagem à mãe, e estava decidido a ser um bom pai. Queria voltar. Muito. Mas quando voltei... Quando voltei, Viajante, ela não estava mais lá. Segundo a Parteira, complicações na gestação adiantaram o processo, fazendo Oline nascer prematuro. O bebê estava bem, mas minha esposa havia falecido. Não conseguiu nem segurar nosso filho nos braços, nem dar o primeiro leite, nem vestir a roupinha que havia costurado de uma das minhas camisas de uniforme. Ela dizia que essa roupinha faria com que Oline fosse igual a mim.

Como eu odiei aquele bebê, Viajante. Me recusava a chamá-lo pelo nome que eu mesmo havia escolhido. Não queria criar um vínculo. Era um assassino recém-nascido e nada mais. Meu desejo era enterrá-lo na mesma cova da mãe para que ela morresse completa. Vivi meu luto, amigo. Vivi meu luto ao som do choro do bebê.

Mas a obrigação diária foi me mudando. A rotina me tornou pai. A cada troca de fraldas, a cada mamadeira de leite em pó, a cada arroto. O bebê assassino foi se tornando cada vez mais o meu Oline. Meu pequeno Oline. E então tive medo, Viajante. Medo como nunca senti antes. Um medo que carrego até hoje e que arqueia minhas costas com seu peso. O medo de uma nova tempestade, de Oline ficar sozinho como sua mãe ficou. Tenho a mais absoluta certeza de que algo terrível aconteceria sem a minha presença. Talvez, da primeira vez, se eu tivesse sido mais competente, tudo hoje estivesse no lugar. Mas não está. O pecado da ineficiência me corrói. Eu não posso voltar no tempo, mas posso seguir em frente de forma mais firme.

Nunca mais deixarei minha fronteira, Viajante. Essa é a minha promessa. Pertenço a este pedaço de terra e aqui ficarei. Levarei meu trabalho à perfeição para que nada de ruim aconteça com Oline. Minha incompetência ou descaso jamais terão culpa novamente, pois deixarão de existir.

Nunca me ausentarei, nunca descansarei, nunca cometerei um erro sequer. Vou proteger Oline e a mim mesmo.

Prefiro morrer, Viajante.

Morrer antes de errar. Antes de perder de novo.

Atenciosamente,
Pai do Senhor Oline

DESPEDIDA

Você nunca me contou o que aconteceu com seu pai, Oline, mas sou capaz de imaginar, disse o Viajante. As mãos do Senhor Oline ainda tremiam enquanto ele segurava o papel velho com a letra do pai. O Viajante continuou: imagino que a idade chegou até ele, que começou a cometer pequenos erros, pequenos esquecimentos, uma pedra aqui, uma medida ali, um documento lá. O Viajante, com um movimento suave, retirou o papel das mãos do Senhor Oline, o dobrou e devolveu ao envelope. Os erros cresceram, o medo invadiu seu pai, ele começou a fazer perguntas descabidas sobre a sua segurança, medir sua temperatura diariamente, girar a chave duas vezes nas fechaduras.

Silêncio. O Senhor Oline nunca pôde esquecer a cena que encontrou naquele dia na cabana da fronteira. Os pés balançando em movimento pendular. A faca para cortar a corda. O baque do corpo ao cair no chão. Nunca havia entendido a atitude do pai e fugia desse pensamento sempre que tinha a oportunidade. Escondia de si mesmo essa lembrança.

Preciso ir, disse o Senhor Oline. E o Viajante rebateu: mas ir para onde? Fique, Oline, será bem-vindo essa e todas as noites. Obrigado, mas preciso mesmo ir. E o Senhor Oline já se encaminhava para a porta, pegando no caminho seus poucos pertences sobre a mesa de jantar. E para onde você vai?, perguntou o Viajante. Em frente, respondeu o Senhor Oline. E saiu para a noite fitando o chão enquanto pisava firme. Da porta, o Viajante alertou: você não precisa seguir os passos do seu pai, Oline. Mas nem mesmo o Senhor Oline sabia o que estava seguindo naquele momento.

Sumiu na escuridão.

Sumiu sem perguntar um certo nome de um certo Viajante.

PLANO

O Senhor Oline não tinha o nome do Viajante, não sabia em que país estava e não queria voltar para fazer nenhuma dessas perguntas. O mapa antigo, ou mapa do orgulho, era completamente inútil. Foi atrás de um amigo contador de histórias e encontrou a única história que jamais gostaria de ouvir novamente. Estava frustrado, chateado, triste, abatido, sorumbático, cabisbaixo, deprimido, angustiado, taciturno, cabreiro, aflito, saturado, raivoso, inquieto, desapontado, desconfiado, desconfortável, desesperado, desiludido, derrotado e jururu. Decidiu simplesmente cruzar a noite em linha reta. Se fizesse isso, em algum momento chegaria ao fim daquele país. Os limites podiam ser teimosos, mas nenhum território era infinito.

Assim que chegasse ao próximo posto, o Senhor Oline diria ao Guarda da Fronteira: seguirei minha missão para a Alemanha, jovem. Aquele país poderia não ser a Alemanha, mas isso não configurava uma mentira, pois também poderia ser, de fato, a Alemanha. Era apenas desinformação e, dessa forma, o Senhor Oline conseguiria executar o plano sem recorrer às suas péssimas habilidades de enganação. O outro Guarda da Fronteira jamais permitiria que um erro tão grosseiro fosse cometido, e diria mais ou menos assim: aí não é a Alemanha, senhor, aí fica a Colômbia. E o Senhor Oline responderia: ah sim, claro, a Colômbia, pois vou para lá mesmo. O que não era mentira de novo, pois de fato ele iria para o país que fosse. Qualquer país que aumentasse a distância entre ele e o passado estava bom.

Caso o Guarda da Fronteira desejasse uma boa viagem, ali seria a Alemanha mesmo e o Senhor Oline teria acertado na sorte.

TORII

E assim o Senhor Oline chegou ao Japão. Bem na época do Tanabata, o Festival das Estrelas, que acontecia no sétimo dia do sétimo mês do ano. Durante o festival, o povo japonês escrevia seus desejos em pequenas tiras de papel colorido e pendurava em bambus para que a princesa Orihime, a princesa da lenda do Tanabata, os realizasse. Os bambus se enchiam de papel na mesma medida em que a ilha se enchia de festa. E uma das tiras foi eventualmente parar nas mãos do Senhor Oline. Ele observou aquele papel colorido e pensou muito no que escrever ali. Seu primeiro pensamento era a pedra, óbvio. Mas outros desejos também se embaralharam em sua mente. Palavras que gostaria de ter dito, perguntas que gostaria de ter perguntado, peixes que escaparam dos anzóis. Pendurou o papel em branco no bambu, sem rabisco de sua autoria, e seguiu.

Passou por debaixo dos Toriis, os portões japoneses que marcavam a entrada dos santuários. Conheceu o templo de Toshodaiji, em Nara, o templo de Mitaki, em Hiroshima, o templo de Nanzen-ji, em Quioto, e o castelo de Osaka. Contemplou as antigas armaduras dos samurais e viu o aço das katanas ser forjado com tradição. Aos cinco anos, meninos eram considerados guerreiros. Aos sete anos, meninas ganhavam seu primeiro quimono. A cada parada era surpreendido. Por mais que tivesse percorrido o Japão inteiro atrás da sua pedra, sentia que não conhecia o Japão todo.

O país era pequeno, mas vasto. A paixão dos japoneses por máquinas fotográficas nada tinha a ver com tédio. E percebeu o Senhor Oline que um país era muito maior que suas fronteiras.

Mas a pedra não estava no Japão.

CURLING

E assim o Senhor Oline chegou à Escócia, ou pelo menos a uma pequena parte dela: Ailsa Craig, a Ilha das Pedras de Curling. Onde foi recebido pelo Investidor de Longo Prazo.

O homem, vestido com camisa social azul-bebê e sapato, destoava do ambiente composto por granito e mato rasteiro. Prontamente, o Investidor de Longo Prazo olhou para o Senhor Oline e perguntou: interessado em pedras? E o Senhor Oline disse que sim, explicando a situação da pedra do Cazaquistão e o motivo de toda sua viagem. Bom, respondeu o Investidor de Longo Prazo, aqui temos somente o melhor granito para curling já produzido pela Mãe Terra, se houvesse alguma outra pedra eu teria incluído no balanço trimestral. O senhor tem interesse em ingressar no lucrativo negócio do curling olímpico? Ao Senhor Oline nunca interessou ingressar em negócio algum, mas a pergunta o pegou desprevenido. Aquela informação não estava em seu manual. Coçando o bigode, o Senhor Oline quis saber mais: e curling é lucrativo, homem? Veja bem, o curling de hoje, do jeito que está, praticado como é, torcido pelos torcedores que tem e televisionado nos canais que o transmitem tem um grande futuro pela frente. Então não é lucrativo, concluiu o Senhor Oline. Eu jamais teria comprado a ilha se não vislumbrasse um potencial de lucro de dezenas de milhares de vezes na operação, rebateu o Investidor de Longo Prazo.

E o Investidor de Longo Prazo seguiu explicando que aquela ilha era a única fornecedora de granito para curling olímpico do mundo. Que todas as pedras arremessadas nas partidas nasciam ali. E pedras quebram. Cada pedra perdida ou danificada tornava o produto mais escasso. Escassez gera valor, ele disse, o ouro, por exemplo, só é o que é porque nem todo mundo tem. Em algum momento no futuro, quando o curling fosse o esporte mais popular do planeta, ele ficaria mais rico do que já era.

Mas como você pode ter tanta certeza de que o curling se tornará o esporte mais popular do mundo, homem? E o Investidor de Longo Prazo sorriu e disse: segundo os teólogos do aquecimento global, a próxima Era do Gelo está cada vez mais perto, é fato que o curling será um sucesso. Isso pode demorar milhões de anos, homem, disse o Senhor Oline. Sem perder o sorriso fanático, o Investidor de Longo Prazo finalizou: longo prazo, amigo, longo prazo.

Havia muitas pedras em Ailsa Craig.

Mas a pedra não estava na Escócia.

ENDE

E assim o Senhor Oline chegou à Noruega, onde foi recebido pela Norueguesa e pelo Namorado da Norueguesa. Que não era norueguês, mas brasileiro. Os dois conversavam à beira de um fiorde quando o Guarda da Fronteira se aproximou. Reto como a linha que traçava, o Senhor Oline disse: estou procurando uma coisa e irei até o fim do mundo para encontrá-la. A Norueguesa e o Namorado da Norueguesa se entreolharam e disseram juntos: fim do mundo? Não fale mais nada. E os três percorreram os fiordes dia e noite, usando a luminosidade da aurora boreal a seu favor. E viram o barco de gokstad, um langskip herança da era dos vikings. E passaram ao lado da igreja de madeira de Borgund, que havia sido construída por volta do ano de mil cento e cinquenta do calendário antigo. E cruzaram a capital Oslo, descendo até a ponta da pedregosa ilha de Tjøme. Caminharam até o antigo vippefyr, uma espécie de farol rústico às margens do estreito de Skagerrak, e contemplaram as águas mansas.

Aqui estamos, disseram a Norueguesa e o Namorado da Norueguesa. Aqui onde?, perguntou o Senhor Oline. Verdens Ende, o fim do mundo, você disse que queria chegar até aqui. E compreendeu o Senhor Oline que toda a jornada na Noruega havia se dado por causa de uma falha de tradução. O objetivo não era o fim do mundo em si, mas o fim do mundo lírico. Algo abstrato, inexistente, etéreo, filosófico. Não um ponto turístico. Não era isso, disse o Senhor Oline, procuro uma pedra. A Norueguesa e o Namorado da Norueguesa se entreolharam mais uma vez e, antes que o Senhor Oline pudesse contar sua história, disseram: só existe uma pedra em toda Noruega capaz de atrair gente de tão longe, venha. E ao ouvir a palavra pedra, o Senhor Oline seguiu o casal como um cão atrás dos pneus dos carros.

E mais uma vez percorreram incansavelmente os fiordes.

Trollpikken, o pinto do troll, foi seu destino. Uma rocha em Eigersund que lembrava um pênis ereto com mais de doze toneladas. Certa vez, vândalos quebraram o mastro, mas a comunidade se uniu para cobrir os custos da cirurgia e aliviar a dor do pobre troll. Trollpikken foi restaurada à sua glória original. Eis a pedra, disseram a Norueguesa e o Namorado da Norueguesa.

De fato, havia pedras interessantes no mundo, concluiu o Senhor Oline.

Trollpikken era magnífica.

Mas a sua pedra não estava na Noruega.

DENTES

E assim o Senhor Oline chegou à Grécia, onde encontrou o Oráculo. Pessoas faziam fila em frente às antigas ruínas de Delfos, onde em tempos passados eram realizadas previsões do futuro sob as bênçãos do deus Apolo. O Oráculo repousava de pernas cruzadas sobre um grande bloco quadrado de pedra, rodeado por colunas decoradas da extinta civilização. Dizia palavras breves a cada pessoa que, logo em seguida, dava lugar à próxima. Cuide da saúde. Beba dois litros de água por dia. Não pense muito no que já passou. Não pense muito no que virá. Não tente mudar o que não se pode mudar. Seque bem os dedos dos pés no inverno, frieiras são terríveis. Sem perceber, o Senhor Oline se colocou na fila e esperou sua vez. Não acreditava em previsões, mas se sentia levemente desesperado e pessoas desesperadas se apegam a qualquer esperança.

Quando ficou frente a frente com o Oráculo, o místico disse: escove os dentes após as refeições. E aquilo revoltou o Senhor Oline. Por mais que dissesse que não queria, ele queria sim uma previsão. Queria saber onde estava sua pedra, saber se deveria ir mais para o Norte ou mais para o

Sul. Balbúrdia de mil demônios! Ele queria ser ajudado, e o Oráculo só dava conselhos frívolos. Irritado, o Senhor Oline disse: você não é um oráculo, é um conselheiro de conselhos óbvios e, portanto, inúteis! E o Oráculo, calmo como oráculos costumavam ser, respondeu: conselhos óbvios são sempre os melhores porque nunca estão errados.

Antes que o Senhor Oline pudesse continuar com suas reclamações, a pressão da fila o fez dar lugar ao próximo e, em segundos, o Oráculo estava longe demais para ouvir críticas ao seu trabalho. Porém, estabelecendo contato visual com o Guarda da Fronteira, o místico disse: fique mais um pouco e lhe darei o conselho que tanto busca.

O Senhor Oline obedeceu. Sentou-se nas ruínas de Delfos e esperou. Observava as pessoas na fila passando uma a uma em direção à sabedoria. Algumas traziam oferendas, muitas traziam aflição no olhar. O Senhor Oline desprezava todas elas em silêncio, buscando os conselhos imbecis daquele homem só porque ele vestia branco. Lembrou-se do conselho que havia recebido, escovar os dentes. Era óbvio que escovava os dentes. Fazia parte do manual de conduta dos Guardas da Fronteira. Receber um passante com mau hálito poderia causar uma má impressão do país em que ele estava prestes a pisar.

E dezenas de pessoas buscaram a luz. E centenas. E milhares. Dia e noite. Por mais que cerrasse os olhos, o Senhor Oline não conseguia enxergar o final daquela fila. Para cada pessoa que recebia um conselho, outras duas se juntavam à procissão. Uma versão humana da Hidra de Lerna, que Hércules, o herói, só conseguiu derrotar após cauterizar as cabeças cortadas para que não surgissem novamente. Infelizmente, e felizmente também, o Senhor Oline não tinha a opção de cauterizar as pessoas da fila.

Na manhã de um novo dia, cansado de esperar, o Senhor Oline levantou-se e, pedindo licença da multidão, foi até o Oráculo. Assim que o sábio terminou de aconselhar uma mulher com trigêmeos bivitelinos, antes que o próximo necessitado chegasse, o Senhor Oline disse: cansei de esperar por um dos seus conselhos, homem, eles não farão diferença para mim. O Oráculo levantou a mão e a fila inteira, que começava a reclamar daquela intromissão e visível quebra de protocolo, se calou. Pois vou lhe dar o conselho agora mesmo, Guarda da Fronteira: nem todos precisam de conselhos.

O Senhor Oline seguiu viagem.

A pedra não estava na Grécia.

Depois de jantar, escovou os dentes.

METEORO

E assim o Senhor Oline chegou à Índia, onde foi surpreendido por uma terrível tempestade de granizo com pedras de gelo do tamanho de punhos cerrados, forçando-o a buscar abrigo em uma pequena caverna às margens do Lago Lonar.

Quando chegou à segurança rochosa, notou uma fogueira acesa perto da entrada. Um homem descalço estava sentado próximo ao fogo, esquentando as mãos. O Senhor Oline aproximou-se e reconheceu o Refugiado, o mesmo que ele havia impedido de cruzar a fronteira da Sérvia com o Cazaquistão. Com a cabeça, o Refugiado indicou um lugar perto do fogo para que o Guarda da Fronteira pudesse se sentar. Eu lembro de você, ele disse.

O Senhor Oline ficou constrangido, mas sentou-se mesmo assim. Não se arrependia de ter barrado a passagem do Refugiado em sua fronteira, claro que não. Havia trabalhado certo. Mas agora que dividia o fogo com aquele homem, não sabia o que ele trazia em seu coração. A vingança ainda não havia sido completamente erradicada do planeta naqueles dias. Que intenções ele tinha? Que sentimentos alimentava? Está com fome?, perguntou o Refugiado. O Senhor Oline negou com a cabeça, atento às pedras de gelo que caíam lá fora. O granizo não duraria para sempre e, ao menor sinal do fim da tempestade, partiria. O gelo não poderia ser tão insistente.

Os pés do Refugiado continuavam descalços, de modo que a pele do seu calcanhar era grossa e rachada. O Senhor Oline reconhecia aquelas feridas, já havia estudado sobre elas em seu manual. Caminhar era o fardo daquele homem. Eu posso lhe emprestar minhas botas, disse o Senhor Oline. Estão em bom estado. Obrigado, mas não preciso, respondeu o Refugiado. Estou descalço há tanto tempo que já não sei amarrar cadarços.

E os dois observavam o granizo em silêncio. Porém, o silêncio é um privilégio dos íntimos, coisa que aqueles dois não eram. Você me perguntou se tenho fome, mas não vejo nada assando no fogo, disse o Senhor Oline. Um faquir me ensinou a domar a fome e a dor, disse o Refugiado, mas tenho algumas batatas que prepararia de bom grado para você. O Senhor Oline não entendeu muito bem aquela atitude, não se via digno daquela gentileza. Mas o homem, tão maltratado, parecia carregar a paz dentro de si, a serenidade tangível de quem encontra algo que os outros não conseguem ver. O que faz aqui?, perguntou o Senhor Oline. O lago, respondeu o Refugiado, estou aqui por causa dele. O que tem o lago? Ele é como eu. E o Refugiado contou que aquele lago também era, em partes, um fugitivo. O homem disse que, há muitas eras, um meteorito escapou dos céus e veio se esconder na Terra, formando, na queda, o Lago Lonar. O meteorito foi destruído com o impacto e se tornou poeira, que se misturou com a terra, que se misturou com a água, que se tornou parte do todo. Talvez, se eu ficar aqui tempo o suficiente, também me aceitem como parte de algo, disse o Refugiado.

O granizo parou.

Mas a pedra não estava na Índia.

CENTÍMETRO

E assim o Senhor Oline chegou ao Vaticano, que em determinado momento da História já havia sido considerado o menor país do mundo, tendo perdido o posto para a Rússia anos depois. Como todos que entravam naqueles muros, foi obrigado a confessar.

Na cabine do confessionário, muito a contragosto com a perda de tempo, ouviu o Cardeal do outro lado da tela que separava pecador de perdoador: diga, meu filho, o que lhe aflige? E muitas coisas passaram pela cabeça do Senhor Oline frente àquela pergunta. Sua missão, seu pai, as mudanças do mundo, os mapas, o nome do Viajante, o misterioso valor do número pi. Mas o Senhor Oline estava com pressa e decidiu resumir: meu trabalho é a coisa mais importante do mundo para mim e não estou conseguindo realizá-lo como acho correto. E nisso o Cardeal começou a chorar.

O Senhor Oline não sabia o que fazer enquanto ouvia os soluços do Cardeal. Acalme-se, homem, ele dizia. Mas o Cardeal continuava a chorar e falar palavras ininteligíveis como uma criança arrependida pega no ato da malcriação. Assoava o nariz. Limpava o ranho nas vestes vermelhas do traje. Chorava mais um pouco. Ria por estar chorando. Chorava por estar rindo. Até que o Senhor Oline resolveu tomar uma atitude e disse: diga, homem, o que lhe aflige? O Cardeal respirou fundo, escondendo o choro dentro de si, e respondeu: meu sonho é servir na Guarda Suíça, lutar e morrer pelo papa, vestir o sagrado uniforme de listras amarelas e azuis, com meias até o joelho, brandir minha alabarda em nome de Deus. Esse sim é um trabalho digno que me deixaria mais perto do reino dos céus, não isto de Cardeal teocrata. E aquilo tocou o Senhor Oline, que entendia muito bem a honra de servir a um propósito maior. E por que não pode realizar seu sonho, homem? O Cardeal soprou vento pelos lábios moles e disse: eu tenho um metro e setenta e três centímetros de altura e, para fazer parte da Guarda Suíça, são necessários um metro e setenta e quatro. Um centímetro a mais. E contou que tentou de tudo na juventude para vencer esse obstáculo. Dormir com a luz apagada para que os hormônios do crescimento trabalhassem em paz. Praticar natação e alongamento. Pendurar-se com pesos nos pés por longas horas. Passar alguns meses na estação espacial para que a falta de gravidade descolasse uma vértebra da outra e fosse conquistada, mesmo que temporariamente, alguma altura. Nada funcionou, ele disse. Era como esticar a mão para alcançar uma pepita de ouro, senti-la roçar na ponta dos dedos e jamais fechar o punho em torno dela. Ajeitando as vestes, o Cardeal concluiu: é uma barreira que jamais vencerei. E o Senhor Oline pensou nas suas barreiras. Nas suas fronteiras. Quais limites jamais poderia vencer? Quais havia vencido? O que fazer com eles?

O devaneio foi interrompido pelo Cardeal, que disse: me perdoe por não ouvir a sua confissão. Em nome de Deus, homem, reze duas ave-marias, deixe-me passar e está perdoado, sentenciou o Senhor Oline.

O Cardeal começou a penitência.

O Senhor Oline seguiu em frente.

A pedra não estava no Vaticano.

SANGUE

E assim o Senhor Oline chegou à Tanzânia, onde se viu obrigado a negociar com o povo Massai.

O objetivo era chegar até a Cratera de Ngorongoro e realizar uma busca minuciosa no local. Ambiente intocado pelo homem, a cratera abrigava todas as espécies da fauna local e havia sido formada através da implosão de um vulcão. Um lugar perfeito para uma pedra fugitiva se esconder.

Ao Senhor Oline não causava medo nenhum a ideia de duelar com um guepardo ou medir forças com um rinoceronte-negro ou, ainda, nadar por entre as mandíbulas de um hipopótamo. Trabalho é trabalho. E todo trabalho deveria ser realizado em sua totalidade. Já havia deixado passar a chance de descobrir o nome do Viajante, e não voltaria àquela casa, restava apenas encontrar sua pedra. Mas entre ele e a África selvagem da Cratera de Ngorongoro havia a tribo Massai.

Os Massai não eram uma tribo única, mas um povo nômade que se espalhava pelo Norte da Tanzânia e pelo Quênia em várias tribos distintas.

Vestindo panos em tons fortes de vermelho e laranja, o Guerreiro, ainda jovem, guardava a entrada do território com a sua lança. O Senhor Oline se solidarizou com aquele posto, muito parecido com seu próprio trabalho, e entendeu quando a ponta afiada da arma foi colocada em sua direção. O Senhor Oline levantou os braços em sinal de paz e disse que não faria mal nenhum, estava de passagem. Sou um Guarda da Fronteira, ele disse, tenho imunidade diplomática. O Guerreiro abaixou a lança e sorriu: sou um Massai e matei um leão antes mesmo de ser circuncidado. E o Senhor Oline contou do seu plano de busca na Cratera de Ngorongoro e da sua pedra fugitiva. O levarei até o Ancião, disse o Guerreiro, e talvez você precise pagar.

E o Senhor Oline foi conduzido por entre o povo. Viu as mulheres e crianças cuidando das vacas, que eram o ouro daquelas pessoas. Um Massai nunca negocia em dinheiro, disse o Guerreiro, apenas vacas têm valor. Um pedaço de terra, cinco vacas. Uma boa mulher, vinte vacas. Certa vez, um membro da tribo se encantou por uma turista de pele branca e ofereceu quarenta vacas para casar com ela, que recusou por não ter como colocar tantos animais em sua mala de viagem.

Chegaram, então, a uma cabana simples como qualquer outra. O Guerreiro sinalizou com a lança para que o Guarda da Fronteira fosse em frente. Lá dentro, viu o Ancião. Ao lado dele, uma calma vaca. O Ancião fazia carinho na cabeça dela, que fechava os olhos em deleite. O corte no pescoço foi rápido e agudo. A vaca perdeu a força das pernas sem entender o que havia acontecido, e o Ancião segurava uma cumbuca de barro para colher o sangue que jorrava do pescoço. Ainda fazendo carinho na cabeça do animal, ele dizia shiii, shiii, shiii, como se a fizesse dormir enquanto guiava o enorme corpo sem forças ao chão. A vaca, que mesmo no fim não perdeu a calma, fechou os olhos pela última vez. O velho segurou a cumbuca com as duas mãos e deu um longo gole, de modo que o sangue escorria pelo seu peito e se juntava ao sangue já derramado no chão. Em seguida, esticou a cumbuca para o Senhor Oline e disse: tome, tome e assim poderemos falar de igual para igual. Sem escolha, o Senhor Oline segurou o recipiente da mesma forma e deu um longo gole. A tradição precisa ser respeitada. O sangue ainda estava quente.

Quantas vacas precisarei pagar para seguir meu caminho?, perguntou o Senhor Oline com gosto de ferro na boca. Já temos vacas, respondeu o Ancião, já somos ricos. Ótimo, então posso seguir viagem? Falei que não queremos vacas, não que você pode ir sem pagar, disse o Ancião.

E o Ancião contou que a Tanzânia abrigava o ponto mais alto da África, o Monte Kilimanjaro, e também o ponto mais fundo, o Lago Tanganica. Que por isso aquele povo estava acostumado à grandeza e não iria se impressionar com qualquer coisa. Somos abençoados por Enkai, ele disse, exigimos algo único. Tenso, o Senhor Oline perguntou: único como o quê? O Ancião deu um longo gole na cumbuca cheia de sangue e apontou o dedo trêmulo para o bigode bem cuidado do Guarda da Fronteira.

Único, disse ele com a boca vermelha.

BURACO

E aquilo foi a circuncisão do Senhor Oline, que saiu cambaleando da cabana do Ancião. Sem o bigode, que cultivava desde o surgimento dos primeiros pelos, por volta dos sete anos de idade, sentia o centro de gravidade do corpo alterado. Errava os passos. Pisava onde não queria, olhava para um lado e cambaleava para o outro. Mais do que aprender a andar, precisava reaprender a ficar em pé. O Guerreiro, ao vê-lo naquele estado, e percebendo que o preço havia sido muito alto, ofereceu o braço ao Senhor Oline e disse que o guiaria pela Cratera de Ngorongoro até que o Guarda da Fronteira se acostumasse com o novo corpo. Homens tortos morrem na selva, ele disse. O Senhor Oline não gostava daquela posição, de precisar de ajuda. Gostava de ter ajuda, claro, mas detestava precisar dela. Estava escrito em seu manual que os Guardas da Fronteira deveriam ser autossuficientes frente às intempéries. Porém, aceitou o braço. Melhor ele que o chão.

E os dois adentraram na Cratera de Ngorongoro. E viram muitos animais. E viram muitas plantas. E não viram nenhuma pedra. Quer dizer, pedras viram muitas, mas nenhuma que importasse. O Senhor Oline ainda cambaleava e o Guerreiro ria daquela situação dizendo que nunca tinha visto um homem adulto aprender a andar. E eles dividiram comida e bebida e trocaram histórias. O Senhor Oline contou da guerra na Coreia do Oeste. O Guerreiro contou da caça aos leões. O Senhor Oline contou dos robalos. O Guerreiros, das lanças. O Guerreiro queria ter muitos filhos e queria que todos fossem guerreiros como ele. Que cada um matasse seu leão logo cedo como ele fez. Bom para a tribo, disse o Guerreiro. E disse também que sua linhagem seria tão numerosa e tão poderosa que a extinção de todos os leões da Tanzânia seria creditada ao seu sangue. Que se não houvesse leões suficientes para sua prole, porque seu apetite por filhos era imenso, eles caçariam na África inteira. No mundo todo. Leões de zoológico, dispensava. Seus filhos tomariam o sangue quente das feras abatidas e seriam todos reis sem coroa. O Senhor Oline nunca havia pensado sobre filhos e não soube comentar a ambição do Guerreiro. Por alto, achava apenas que extinguir uma espécie inteira por capricho não soava bem. Mas preferiu evitar o conflito para não perder o apoio.

E uma grande escavação chamou a atenção dos dois. Um fosso de bordas quadradas mergulhava em direção ao centro da Terra. Tão fundo que a luz do Sol se cansava e desistia no meio do caminho. Tão fundo que as paredes desciam até se encontrarem em um único ponto de escuridão. Havia uma escada apoiada na borda, uma pequena cabana e uma fogueira, que não estava acesa, mas que deixava fugir um pouco de fumaça do fogo noturno. O Guerreiro ajudou o Senhor Oline a se aproximar da borda e ele gritou: olá! O som foi batendo nas paredes e replicando-se. Olá, olá, olá, olá, olá, olá em direção ao fundo. Momentos depois, chegou a resposta: quem está aí, aí, aí, aí, aí? Um Guarda da Fronteira, eira, eira, eira, eira, eira. Guarda do quê, ê, ê, ê, ê, ê? E a ineficácia daquele diálogo começou a enfurecer o Senhor Oline. O eco alongava as frases, impedindo que mensagens complexas e relevantes fossem trocadas. Quem quer que estivesse dentro do buraco, pensou a mesma coisa. Estou indo, indo, indo, indo, indo, indo, disse a voz da escuridão.

Ouvia-se o barulho e era possível ver a escada tremer, mas o tempo passava e ninguém emergia do buraco. O Senhor Oline e o Guerreiro reacenderam a fogueira conforme o Sol encerrava seu expediente e nada da pessoa aparecer. Prepararam algumas camas com folhas verdes e nada. Comeram e nada. Deitaram-se e nada. Dormiram. E nada.

Na manhã seguinte, enquanto o Senhor Oline bradava que ele mesmo desceria, e o Guerreiro dizia que era impossível usar uma escada sem o bigode, o Escavador colocou a cabeça para fora do buraco. Trazia um capacete com uma pequena lanterna acoplada e tinha as roupas e o corpo cobertos de terra. O suor brotava dos poros e desenhava rios de lama na pele do homem, alguns correndo da testa ao dedão do pé, criando uma espécie de mapa vivo. Ele desligou a lanterna e disse: olá.

Imediatamente o Senhor Oline perguntou ao Escavador se ele não tinha visto a sua pedra lá embaixo, na escuridão, e descreveu o formato e o peso e o toque e os ângulos. Mas o Escavador negou. Ele disse que teria ouvido caso uma pedra caísse no buraco, mas nada chamou sua atenção. Mas me diga, homem, por que cavou tão fundo?, perguntou o Senhor Oline. E o Escavador explicou que estava procurando por tanzanita, uma pedra dez mil vezes mais preciosa que o diamante e encontrada apenas por ali. Se eu encontrar uma de cinco quilos, disse o Escavador, serei um homem rico.

Pelo acampamento e ferramentas, aquele homem estava trabalhando há muitos e muitos dias, porém uma coisa chamava a atenção do Senhor Oline: havia apenas um buraco, sem outras frentes de exploração, algo que o seu manual apontava como uma boa prática. O Escavador havia descido reto, sem parar, mesmo sem encontrar uma pista sequer de que estava no caminho certo. E o Senhor Oline perguntou: homem, não seria melhor cavar outro buraco e aumentar suas chances? De jeito nenhum, respondeu o Escavador, já cavei demais nesse aqui para desistir.

Conforme o Escavador contava a sua aventura e bradava sua futura glória, a intenção dele ficava mais e mais clara para o Senhor Oline. Ele havia começado a cavar esperando encontrar a tanzanita a poucos metros de profundidade, o que daria ao feito um ar de predestinação e inevitabilidade. Isso não aconteceu. Então ele decidiu pelo oposto, cavar o mais fundo possível para que o buraco se tornasse um monumento do seu esforço. Caso abrisse outros buracos, como mandava a lógica estatística, estaria fazendo como faziam todos os demais. Não há mérito em contar o que todo mundo já ouviu.

Essa forma de pensar transformava até um possível fracasso do Escavador em sucesso. Se continuasse afundando, uma hora esbarraria no magma ou cutucaria um lençol freático. Depois de velho, diria que estava muito perto, mas que a própria natureza o impediu de ficar rico. E o Escavador ria sozinho dos desfechos que traçava para si.

O Senhor Oline puxou o Guerreiro pelo braço e o chamou para prosseguir viagem. Ele disse: este homem não procura tanzanita, este homem está cavando uma história.

SAL

Na borda da cratera de Ngorongoro, o Guerreiro freou seus passos, freando assim os do Senhor Oline também. Meu braço não pode mais andar com você, Oline, disse o Guerreiro. E o Senhor Oline, que ainda não estava seguro das próprias pernas, se sentiu desolado, dizendo: eu mal consigo ficar de pé. Você é um guerreiro como eu, Oline, e por isso tem meu respeito. Leve minha lança, que é uma extensão do meu corpo. Ande com ela e assim eu andarei com você. E desse jeito, no sopé da Cordilheira dos Andes, os dois se separaram.

Usando a lança como cajado, o Senhor Oline iniciou a escalada. O ar foi se tornando fino e frio, o chão foi mudando de relva para rochas e sal. E de repente tudo era sal. Quilômetros e quilômetros de planície branca e nivelada. Mesmo sem mapa era fácil intuir onde pisava. O maior deserto de sal do planeta, o Salar de Uyuni. Formado, segundo as lendas antigas, das lágrimas de uma gigante que amamentava seu filho. E assim a Bolívia recebeu o Senhor Oline.

No Sol e no sal. No frio e na fina chuva que gelava os ossos. Na companhia das estátuas salificadas das aves. O Senhor Oline manteve a busca. Andava com dificuldade, sim, mas seguia determinado. A chuva havia deixado uma tímida camada de água sobre o deserto, incapaz de cobrir a sola das botinas do uniforme, mas que, quando o vento se aquietou, foi o suficiente para formar um espelho no salar. Flamingos pousaram ao seu lado para lhe fazer companhia, e era como se o Senhor Oline caminhasse entre as nuvens, deixando um rastro de pequenas ondas para trás. Não havia mais chão, pisava no céu. E era um azul tão limpo como só o céu depois da chuva sabe ser. Raras nuvens brancas passavam sobre a sua cabeça e ao lado de seus pés. O Guarda da Fronteira olhou para baixo, diretamente para o espelho, e viu a si mesmo. Ou achava que via a si mesmo, porque era o mesmo homem ao mesmo tempo que era um homem diferente.

A falta do bigode era uma mudança clara. Ela vinha acompanhada da existência da lança, apetrecho nunca antes utilizado pelo Senhor Oline, nem mesmo em batalha. As artes marciais reservadas aos Guardas da Fronteira derivavam do judô, evitando o uso de armas brancas. O cabelo estava sem corte, mas ainda penteado. O uniforme estava perfeito, mas em nível molecular carregava lembranças do mar e da guerra, das montanhas e dos buracos. Trazia um abridor de latas no bolso. Mas ainda assim havia algo a mais. Usando a lança de apoio, o Senhor Oline dobrou os joelhos para chegar mais perto do espelho. Estava tão perto, e o espelho era tão grande e sem bordas, que parecia estar olhando para outra pessoa. Dois estranhos se conhecendo pela primeira vez. Conseguia ver seus poros e reparar na abertura das narinas ao respirar. E olhou bem no fundo dos próprios olhos. Lá dentro, pôde vislumbrar mudanças fundamentais que o diferenciavam de um certo homem que havia partido em busca de uma certa pedra. E teve medo das mudanças, porque nunca havia mudado antes. Mudancinhas tudo bem, como o crescimento e os pelos pubianos, mas mudar depois de solidificada sua relação com as verdades do mundo era radical demais. Trazia questões e não respostas. E o Senhor Oline desejou voltar a ser quem era, mesmo intuindo, e intuía porque não era um especialista em metamorfoses, não ser possível.

A noite desceu calma no Salar de Uyuni. Mais do que refletir as estrelas, o espelho refletia a própria Via Láctea. A altitude e a falta de luzes artificiais faziam o Senhor Oline caminhar entre gigantes gasosos. Um astronauta sem deixar a Terra. Passou por supernovas e buracos negros, cometas e asteroides. Passou por Marte, Júpiter e circulou os anéis de Saturno. Pisou em planetas a milhões e milhões de anos luz, onde a humanidade até então nem sonhava botar os pés. E ali, na imensidão do desconhecido, a encontrou.

Depois de Sérvias, Turquias e Coreias. Depois de tanto chão e tanta água. Tantos passos e braçadas. A pedra não estava na Terra. Não poderia estar. Ela o esperava no espaço.

O pequeno rastro esculpido no sal indicava uma aterrissagem suave. A pedra dormia sob as estrelas, metade na água, metade no vento. O formato, o tamanho, os ângulos, não havia dúvidas. A busca do Senhor Oline se encerrava naquele instante. Com um sorriso sem bigode, soltou a lança e caiu de joelhos. Esticou a mão trêmula para decretar sua vitória, mas parou.

A pedra de fato estava na Bolívia.

Mas não era mais a pedra do Cazaquistão.

SAUDADE

A pedra havia se naturalizado boliviana! Nenhum traço cazaque habitava mais nela. Nem mesmo o doce gosto das maçãs de Tian Shan. O Senhor Oline dava voltas ao redor da pedra e as ondas produzidas por seus passos ecoavam por todo o Salar de Uyuni. Desejava cruzar os braços e encarar a dita cuja, mas, segurando a lança, não conseguia. Que espécie de jornada era aquela? Por que sofrer tanto? O fim não era amargo, mas salgado feito bacalhau. Retirar a pedra dali seria cometer, mais uma vez, o mesmo erro que o assombrava desde a sua fronteira.

Uma matemática estranha começou a se apresentar ao Senhor Oline. Não eram contas complicadas envolvendo cálculos integrais, derivadas ou mesmo o estranho número de Euler. Era uma conta muito mais simples, de menos e mais, uma questão que habitava na fronteira da matemática com a ética: um erro anulava o outro? Ele havia errado na fronteira da Sérvia com o Cazaquistão. Porém, caso errasse agora, na Bolívia, apagaria seu deslize ou somaria um novo fracasso à coleção? Ao retornar para sua cabana, ele teria cometido zero erros ou dois?

Aquilo parecia uma raridade matemática, onde um único problema podia apresentar duas soluções distintas. Quem sabe, até três. Só que a matemática elementar e a geometria euclidiana tradicional não tinham poder sobre aquela questão. O problema estava mais ligado à física quântica, onde o simples ato de observar um experimento influenciava no seu resultado. E o observador daquele evento tinha nome. A simples ideia de errar propositalmente arrepiava os pelos da canela do Senhor Oline. E o cabelo foi perdendo o penteado conforme ele apertava e puxava os fios para longe do crânio. E ponderava e ponderava e queria se enganar, mesmo ainda sendo um mentiroso abaixo do medíocre. Mas a matemática tinha mais que regras, tinha leis. E para as leis da matemática um erro era um erro, não importava o ângulo pelo qual o Senhor Oline observasse. Não, não havia cálculo capaz de salvá-lo. Nessa situação, o Senhor Oline decidiu fazer a única coisa plausível: convencer a pedra a voltar.

E sentou-se ao lado dela, com a fina camada de água que formava o espelho do Salar de Uyuni a molhar suas calças, e falou das belezas do Cazaquistão. A pedra haveria de sentir saudades, afinal, tinha passado a maior parte da vida naquele país. Começou pela misteriosa duna de Akkum-Kalkan, que cantava no deserto a sua lamuriosa melodia. Por mais que a ciência já tivesse explicado a origem da música, as teorias populares eram muito mais elegantes, sugerindo espíritos soterrados pela areia a pedir socorro de quem quer que chegasse perto. E falou do desfiladeiro de Turgen, com seus rios e cascatas e árvores que mudavam de cor no final de agosto e onde era possível caminhar por campos de flores sem trilhas demarcadas. E do Cabo Melovoy, banhado pelo pedaço de Mar Cáspio que o Cazaquistão havia conseguido guardar para si depois de um conflito com o Canadá. E do Cânion de Charyn com sua cor laranja e geografia talhada pela erosão.

Mesmo sabendo que era uma pedra de origem cazaque, o Senhor Oline atravessou a fronteira e falou da Sérvia, país vizinho. Descreveu a Cidade do Diabo, com suas duzentas e duas torres rochosas, semelhantes a lanças apontando para o céu na espera da descida dos anjos. Falou dos portões de pedra de Vratna e da origem da palavra "vampiro", que era sérvia e não romena como todos pensavam. Falou até dos imperadores romanos que haviam nascido no país, como Constantino, o Grande, Constantino II e Constâncio Cloro.

Conforme falava, percebeu o Senhor Oline que era ele o saudoso de casa. A pedra, por outro lado, não demonstrava emoção alguma. Como uma boa pedra, era extremamente cabeça dura. Sua decisão era sólida, seu país era a Bolívia, sua cama era branca e feita de sal. E o Senhor Oline, que se achava igualmente rochoso, chorou.

NADA

Era quase dia quando o Senhor Oline se levantou e olhou para o espelho onde pisava. De mãos vazias, encarou a derrota. Voltava sem nada. E ali percebeu que era possível estar perdido mesmo sabendo exatamente onde pisava.

CELA

Seguindo o mapa desatualizado, o Senhor Oline vagou. Mirava na Argélia e chegava na Argentina. Almejava o Butão e terminava no Bahrein. Um mês, um ano, um milênio. Perdeu a conta dos dias, andando com os olhos grudados nos próprios pés. E seguia com passos inseguros, traçando linhas vesgas no chão. Sabia que deveria voltar e redigir um Relatório de Missão, mas ao mesmo tempo evitava o final da jornada. Voltar valida a falha. Mas o autor ainda não estava pronto para assumir a autoria.

Chegou a um corpo de água e finalmente parou. À sua frente, uma ilha com construções imponentes, militares, boiava no rio. Ou no mar. Ou no oceano. O Senhor Oline não sabia, tampouco sabia seu mapa imprestável. Foi até lá. Ilhas lhe traziam boas lembranças.

Alcatraz tinha todas as portas abertas. Todas as celas destrancadas. O silêncio era quebrado pelo barulho de uma vassoura lutando contra a poeira do dia a dia. O Prisioneiro varria o pátio central com seu uniforme listrado quando o Senhor Oline se aproximou. Ele perguntou: culpado? Como sabe?, rebateu o Senhor Oline. O Prisioneiro apoiou-se na vassoura e disse: este lugar atrai o nosso tipo de gente. Onde estão os guardas? Não há mais guardas, não é preciso. E o Prisioneiro contou que os confinados ali eram responsáveis por suas próprias sentenças. Que qualquer um poderia cumprir a pena que tinha consigo mesmo dentro daqueles muros. Não é possível fugir da culpa e do crime quando eles estão dentro de você. E ao ouvir essas palavras, o Senhor Oline pediu seu próprio uniforme listrado. Já não tinha mais bigode, raspar a cabeça foi fácil. Após trocar um uniforme pelo outro, o Prisioneiro lhe entregou uma chave. O que é isso?, perguntou o Senhor Oline. A sua chave, respondeu o Prisioneiro. Você pode ir embora quando quiser, abrir qualquer porta, destrancar qualquer cadeado. Lembre-se, somos prisioneiros esclarecidos.

CRIME

E os dois, os únicos em Alcatraz, trabalhavam durante o dia para manter a prisão em ordem. Tomavam banho de sol. Preparavam as refeições e lavavam as roupas sem nunca trocar uma única palavra. Não por intimidade, mas porque aproveitavam o dia para se culpar mentalmente. À noite, em horário preciso, se recolhiam às celas. Uma do lado da outra, no segundo andar da ala Norte. Cela duzentos e quarenta e três e cela duzentos e quarenta e quatro.

Assim que trancavam as fechaduras por dentro, divididos por uma parede de concreto, cada um deitado em sua própria cama de colchão fino, sem luxos além da privada própria, o Prisioneiro lamentava seu delito. Ele dizia: meu crime, Guarda da Fronteira, é o maior crime já cometido pelo homem ou pelo animal. Nunca algo tão terrível foi feito nessa Terra. Ficarei em Alcatraz para sempre e, depois de morto, meu espírito seguirá com a minha pena pela eternidade, arrastando a culpa por esses corredores. E quando o fim dos tempos chegar e o planeta explodir, congelar ou for engolido por um buraco negro, seguirei neste ponto do espaço sozinho. E noite após noite, o Senhor Oline tentava entender o que o Prisioneiro havia feito.

Roubo? Pior.

Genocídio? Muito pior.

Tráfico de pessoas? Inimaginavelmente pior.

Crimes contra a pessoa, contra o patrimônio, contra a propriedade imaterial, contra o sentimento religioso, contra a dignidade sexual, contra a família, contra a incolumidade pública. Infrações diversas. Noite após noite, o Senhor Oline testava contra o Prisioneiro todos os tipos de transgressões descritas na literatura criminal. Evocava as páginas da seção de direito do Manual dos Guardas da Fronteira como se ele estivesse aberto em sua frente. Nenhum crime conhecido era páreo para o que quer que o Prisioneiro houvesse feito. Nem mesmo o crime de Chamoy Thipyaso, a tailandesa condenada a cento e quarenta e um mil e setenta e oito anos de prisão por esquema de pirâmide, a pena mais longa do mundo, fazia frente ao fardo do Prisioneiro.

Uma noite, por volta das onze e quinze, depois de ouvir mais lamentos vindos da cela vizinha, o Senhor Oline chegou a uma conclusão: o crime do Prisioneiro não existia fora da cabeça dele. Não estava na literatura, não estava no cartório. Não havia juiz. Talvez nem mesmo tivesse acontecido. Um devaneio. Como julgar a imaginação?

E aquilo bateu como uma pedra no fundo do Senhor Oline. O seu crime era sólido, real. E por ser um crime de carne e osso, por mais que se sentisse culpado e desprezível, não merecedor de compaixão, não era dele a autoridade do julgamento. Mesmo que conjurasse sobre si a maior das penas, o faria sem direito. Apenas uma instituição no mundo poderia julgá-lo, e já era sem tempo de enfrentar a Central dos Guardas da Fronteira.

Recolheu suas coisas e comunicou ao Prisioneiro que estava de saída. Leve a chave, é sua, disse o Prisioneiro. Não espero voltar, disse o Senhor Oline.

As celas estarão abertas.

E o Senhor Oline partiu.

BUROCRACIA

A Central dos Guardas da Fronteira era uma instituição organizada, com um sistema de gestão de pessoas por processos ágeis e organogramas coloridos. Cada funcionário, de campo ou de escritório, era uma engrenagem no azeitado relógio corporativo. Era evidente que, depois de tanto tempo longe do posto, o Senhor Oline perdesse o emprego. Ainda mais sem a pedra para justificar a transgressão.

Agora que pensava sobre o assunto, pois antes estava ocupado demais na sua busca e no autoflagelo, percebia mais uma vez como era falho. Uma reclamação formal, escrita de próprio punho, enviada com sete selos, poderia ser submetida por correio ao alto escalão. Levaria anos para ser analisada pelos Gerentes da Fronteira, que a passariam para os Diretores da Fronteira, que a encaminhariam para os Vice-presidentes da Fronteira, que a subiriam para o CFO, Chief Fronteira Officer, que a deixaria sobre sua mesa de mogno por tempo indeterminado. Mas era o procedimento correto. A conclusão seria a mesma, nem séculos de serviço exemplar poderiam cobrir meses de descaso e incompetência.

Com certeza, um novo colega já deveria ter assumido o posto na sua cabana, verificando os documentos dos passantes interessados em entrar na Sérvia vindos do Cazaquistão ou entrar no Cazaquistão vindos da Sérvia. E percebeu o Senhor Oline que a cabana nunca havia sido sua. Nem mesmo do seu pai. Aquela construção, que conhecia muito bem, aquelas paredes que tanto o ouviram, aquele lugar que chamava de casa era na verdade a cabana do Guarda da Fronteira, posto que o Senhor Oline não mais ocuparia. Naquele momento, não tinha nada para chamar de seu.

ANZOL

Resoluto, decidido a enfrentar o que precisava ser enfrentado, o Senhor Oline dobrou com carinho o mapa velho, o mapa do seu glorioso passado, e o guardou para nunca mais usar. Não precisava de indicações para onde ia. Alguns lugares ficavam gravados tanto na mente quanto no intestino, de forma que era só seguir o cheiro para chegar até lá. Conhecia dois lugares assim, que eram mais seus do que dos mapas. E para chegar ao último, na cabana na fronteira da Sérvia com o Cazaquistão, poderia passar pelo primeiro.

Deixou Alcatraz pela água. Nadou sem pausas até a pequena Ilha Sem Dono, como se fosse de uma ilha até outra num fôlego só. Venceu as ondas da diminuta enseada onde havia aprendido a nadar e pisou na areia. A Pescadora não estava lá.

Sobravam as vigas da casa de madeira, maltratadas pelo tempo e pela maresia. As paredes há muito não existiam. Os dois coqueiros balançavam. E só. Não era o que o Senhor Oline esperava encontrar. Deu voltas na pequena ilha, observando ondas melancólicas quebrarem contra a areia. Sentou-se e, no ato, espetou-se.

Algo pontiagudo vencia as fibras do seu uniforme e arranhava a pele.

O Senhor Oline enfiou os dedos na areia e desenterrou um anzol grande do tipo Noruega. Um dos mais indicados para pesca em água salgada, ideal para captura do badejo, garoupa e outros monstros marinhos. Lembrou-se da vida prática da Pescadora, da casa onde todos os detalhes tinham função. Todo objeto, um propósito. As varas, as zagaias, as facas. Aquele anzol com certeza estaria fazendo falta em algum lugar do mundo. O colocou em um dos bolsos do uniforme.

Alguém precisava devolver o anzol da Pescadora.

E esse alguém, com sorte, poderia ser o Senhor Oline.

VINHO

A rota levou o Senhor Oline para o coração da Amazônia Brasileira. Onde, avançando pela mata fechada, tão densa que surrupiava a luz do Sol e abafava os sons como se o mundo estivesse contido em uma caixa de ovos, ele encontrou o Pajé. Ao lado de uma gigantesca árvore Sumaúma, adornado por penas e ossos, o curandeiro misturava plantas em um caldeirão de água fervente. Ele olhou para o Guarda da Fronteira como se a presença do outro ali fosse premeditada, apontou para um dos ramos da raiz da grande árvore e disse: senta.

O Pajé, filho do Boto, domador de Boitatás, navegador de jacaré, perseguidor de Curupiras, inimigo da Cobra Grande, pintado de urucum da cabeça aos pés, adicionava plantas à água em ebulição. Cipó-jagube e arbusto chacrona em quantidades medidas com a ponta dos dedos e dosadas a gosto. E antes que o Senhor Oline pudesse perguntar o que era aquilo, o Pajé respondeu: ayahuasca. E quando o Senhor Oline pensou em questionar que diabos era ayahuasca, o Pajé completou: o vinho dos mortos. E antes que pudesse reclamar dizendo que não poderia morrer pois precisava entregar o relatório do fracasso para seus superiores e ser defenestrado do cargo, o Pajé o advertiu: o morto não é você.

E percebeu o Senhor Oline que o Pajé sabia tudo o que viria a ser e tudo o que foi. A floresta sussurrava verdades em seus ouvidos velhos. Balbúrdia de mil demônios. Desistiu das perguntas, não porque não quisesse saber das coisas, mas porque achou essa dinâmica enfadonha. Assim que abria a boca, o outro já lhe entregava a resposta, estragando o prazer da curiosidade que o Senhor Oline havia descoberto.

Por horas, o Pajé circulou a grande Sumaúma entoando cânticos em línguas há muito perdidas, intercalando palavras que o Senhor Oline, do seu lugar de obediência, conseguia entender. Sai, vai, cai, pai.

Por horas, o vinho dos mortos ferveu e cantou borbulhas.

Após extinguir o fogo e deixar o resultado esfriar, o curandeiro despejou o líquido em uma cuia de cabaça e ofereceu ao Guarda da Fronteira. Segurando a bebida cerimonial nas mãos, o Guarda da Fronteira questionou: o que vai acontecer? Essa é a única resposta que não tenho, disse o Pajé. Bebe e perdoa.

E o Senhor Oline sorveu o chá de ayahuasca em um grande gole, fazendo a bebida arranhar suas entranhas. Não sentiu nada. O tempo passava e nada acontecia. Grandes coisas essa tal ayahuasca. Os pelos eriçados do braço e da nuca não eram nada. Os sentidos insuportavelmente aguçados, fazendo pular diante de si as cores e os sons, não eram nada. O mundo distorcido como que observado de dentro de um copo de vidro era trivial. A conexão com a Terra, que o fazia perceber na planta dos pés a velocidade de rotação do planeta, mil seiscentos e sessenta e seis quilômetros por hora, não era nada também.

A base da grande Sumaúma se abriu num portal de luz quente.

O Senhor Oline caminhou naquela direção, ainda duvidando dos efeitos da pajelança do Pajé, e atravessou para o mundo dos espíritos.

FOICE

Deserto. Não se via a esfera incandescente do Sol, mas uma luz branca e quente emanava dos céus, fazendo o Senhor Oline cobrir os olhos com as mãos. A areia era fina e amarela, plana de um jeito jamais visto no mundo dos vivos. Não deixava nem mesmo as pegadas se multiplicarem. Enquanto tentava distinguir algum ponto para se localizar na imensidão, notou a silhueta de um homem ao longe. Um homem parecido com ele. Com o mesmo uniforme. Com o mesmo bigode. Ele andava com passos lentos e resignados. Pai?

E naquele momento o Senhor Oline foi todos os que já haviam sido dele mesmo. O Pequeno Senhor Oline, o Pequeniníssimo Senhor Oline, o Jovem Senhor Oline, o Guarda da Fronteira Senhor Oline. Correu em direção ao seu pai com todos seus eus pulando para fora de si. Porém, o outro cessou os passos e levantou a mão para que ele parasse também. Entre eles, desenhada no chão, havia uma linha reta e perfeita, fina como que traçada pela ponta de uma foice arrastada na areia. A linha atravessava toda a extensão do deserto, de forma que era impossível precisar o seu começo e o seu fim. Mesmo sem pronunciar nenhuma palavra, a mão estendida do pai trazia um recado claro: esta fronteira ainda não é sua para atravessar.

O pai voltou a caminhar. O Senhor Oline caminhou ao seu lado sem atravessar a fronteira proibida. E os dois conversaram sem trocar palavras. Não era necessário. O Senhor Oline contou do seu trabalho, de como exerceu a função de Guarda da Fronteira com maestria. De como exigia os documentos de todos os passantes sem fazer distinção de credo ou cor. Das vezes que mandou voltar javaneses, finlandeses e camponeses. O pai ficou orgulhoso. E então a pedra surgiu em sua memória, a pedra do Cazaquistão arremessada para a Sérvia. A pedra que ficou no sal. O Senhor Oline tentou esconder aquilo dentro de si. Mas não havia segredos no deserto. As palavras não eram necessárias para que o pai compreendesse a história. O livro era lido sem que as páginas fossem viradas. Ao final, o pai não o repreendeu, nem se decepcionou e muito menos o diminuiu. A morte vinha acompanhada de sabedoria. Para o pai, aquele erro era o que sempre foi, pequeno como uma pedra na palma da mão. Aliviado, o Senhor Oline detalhou sua jornada, descrevendo a natação, o balão, a guerra, não necessariamente em ordem cronológica. Não era importante. Finalizou contando ao pai que voltava sem nada. E o pai apontou que talvez nada fosse muita coisa.

Os dois caminharam mais um pouco, até que o Senhor Oline finalmente perguntou sobre a carta na casa do Viajante e sobre o dia em que ele se foi. Por que, pai? Por que me deixou sozinho? Por que fez o que fez? Por que não me contou? Por que não desistiu? E o pai parou de caminhar mais uma vez. Olhou para o filho, que era como olhar para um espelho com anos de diferença, e disse com palavras pela primeira vez: algumas pedras, depois de lançadas, não se podem buscar, filho.

O pai sorriu, como se mostrasse que carregou sua culpa pelo deserto por tempo suficiente e havia perdoado a si mesmo. O Senhor Oline sorriu, como se finalmente dissesse adeus.

...

O Senhor Oline perguntou: o que eu faço agora?

E o Pai do Senhor Oline respondeu: segue o caminho, encontra teus passos.

FIM

Acordou o Senhor Oline no coração da Amazônia Brasileira. O Pajé ao seu lado. A sumaúma sem portais abertos. Olhou para o curandeiro adornado de penas e ossos, filho do boto e etecetera, e correu. Correu em linha reta até a fronteira da Sérvia com o Cazaquistão. Correu sem parar, dia e noite. Correu com a cabeça abaixada para melhorar a aerodinâmica da investida. Correu porque estava cansado de fugir. Era preciso matar para viver.

Chegou.

Ofegante.

Mas chegou.

Havia mesmo outro Guarda da Fronteira em seu lugar. Em frente à cabana, manuseando a cancela. Não se abalou. Estava pronto como um prisioneiro frente ao pelotão de fuzilamento. Entrou na fila de passantes porque era exatamente o que havia se tornado. Era uma longa fila, repleta de australianos, japoneses e capitalistas. Mas o novo Guarda da Fronteira era eficiente. Jovem e eficiente. Conferia documentos como uma máquina, percorrendo as páginas dos passaportes como um criminoso contava o dinheiro roubado na iminência da chegada da polícia. E os japoneses passaram. E os australianos passaram. E os capitalistas ganharam muito dinheiro com fundos de hedge e passaram também. Sobrou apenas o Senhor Oline, que disse: sua licença, oficial, preciso apenas pegar alguns objetos pessoais na cabana.

Para a surpresa do Senhor Oline, ao reconhecer o uniforme, o Guarda da Fronteira se colocou em posição de sentido, batendo as palmas das mãos com força na lateral das coxas. Ele disse: senhor, bem-vindo de volta, senhor.

E o Senhor Oline não entendeu do que aquilo se tratava. Ele era um pária, havia sujado o uniforme que vestia com uma mancha que nem mesmo o mais poderoso alvejante limparia. Em toda a jornada de volta, havia aceitado seu destino e agora o destino mudava em sua frente. E o rapaz explicou que ele era um Guarda da Fronteira Estagiário, selecionado por um processo de dinâmicas de grupo onde ele disse que, se fosse um animal, seria um leopardo. Estava em seu período de treinamento e desejava ser efetivado como Guarda da Fronteira Júnior em alguns meses. Ele havia sido alocado para a fronteira da Sérvia com o Cazaquistão depois que uma solicitação de Férias de Emergência Nível Roxo tinha sido emitida em nome do Senhor Oline. Férias nível roxo?, perguntou o Senhor Oline. Nunca ouvi falar disso. E o rapaz disse: um minuto. Ele entrou na cabana e trouxe de lá a última versão do Manual dos Guardas da Fronteira, edição de luxo, capa dura. Folheou as páginas com a mesma destreza que conferia documentos. Aqui, disse o Guarda da Fronteira Estagiário, aqui está escrito que um Guarda da Fronteira pode emitir um código roxo quando, e apenas quando, outro colega Guarda da Fronteira está em grande necessidade, ficando a cargo do emissor a responsabilidade de avaliar o grau da referida emergência. Senhor, um código roxo comumente vem acompanhado de uma liberação fronteiriça, senhor.

Isso significa que eu posso voltar ao trabalho?, perguntou o Senhor Oline. Evidente, senhor, respondeu o Guarda da Fronteira Estagiário. Mas eu passei anos fora, eu deveria ser demitido. Mais uma vez o Guarda da Fronteira Estagiário procurou a resposta nas páginas do manual e disse: de acordo com o estatuto, o senhor só seria demitido caso não voltasse ao posto depois de gozar de todas as suas férias vencidas. Eu tenho férias vencidas? De acordo com os cálculos da Central dos Guardas da Fronteira, o senhor ainda tem trinta e dois anos, sete meses e vinte e três dias de férias para tirar. Incrédulo, o Senhor Oline perguntou: me diga, rapaz, quem emitiu o código roxo em meu nome? O Guarda da Fronteira Olegário, senhor.

Fique mais um tempo no posto, tem algo que eu preciso fazer.

COMEÇO

E o Senhor Oline atravessou a Sérvia num piscar de olhos, como se três passos fossem o suficiente para vencer o país. Avistou o outro Guarda da Fronteira com os mesmos pés apoiados na mesma cancela lendo o mesmo livro das mesmas páginas surradas. Exatamente como da outra vez. O Senhor Oline disse: balbúrdia de mil demônios, homem, de novo com esse livro? E o Senhor Olegário, com a calma habitual, abaixou a leitura e disse: Oline! Achou sua pedra? E o Senhor Oline disse que sim. E a trouxe de volta?, perguntou o Senhor Olegário. Não, respondeu o Senhor Oline. O outro Guarda da Fronteira bateu na capa do seu livro e disse que aquela história era a mesma história que não cansava de ler. O Senhor Olegário começou: um pescador sai em busca do maior peixe de todos... E o Senhor Oline completou: o fisga, mas os tubarões o comem no caminho, deixando apenas as espinhas. Sim, eu me lembro da história, você já me contou, disse o Senhor Oline. Sim, sim, foi quando perguntei se você já tinha visto o mar. Me diga, você o viu?

Voltou o Senhor Oline ao começo e refez seu caminho em pensamento. Arremessou a pedra e passou pela Turquia e pelos balões. Caiu na água e foi arrastado. Conheceu a liberdade e aprendeu que o peso dos pensamentos é fatal em águas profundas e nem tão profundas assim. Encerrou uma guerra. Perdoou um bispo. Teve a bravura reconhecida por um guerreiro. Enterrou o fantasma do seu pai, pois antes havia enterrado apenas os ossos. Entendeu que por mais que o esforço seja infinito, a perfeição é inalcançável. Caminhou entre as estrelas. Viu o que antes apenas lia. Voltava sem pedra, sim, mas trazia uma lança, um garfo dobrável, uma confissão, um anzol, um conselho, dois conselhos, na verdade, sal, uma despedida e novas fronteiras. Não trazia nenhum nome, mas eles ainda estavam lá, esperando por ele. Havia errado e voltado diferente, porque o propósito da jornada é a mudança, e assim nenhuma jornada era inútil. Sentia-se feliz e vivo, como se um fluxo de ar gigantesco abastecesse seus pulmões. Naquele momento, era capaz de respirar todo o ar do mundo de uma só vez.

Sim, Olegário, eu vi o mar.

É importante notar que a Sérvia não faz fronteira com o Cazaquistão.

Ainda.

Matheus Franzoni

Rafael Zoehler nasceu em Porto Alegre, cresceu em Manaus e hoje mora em São Paulo. É engenheiro, publicitário e escritor. Sonha com um mundo onde não precise escrever mini biografias de si mesmo. Pela Patuá, publicou também o volume de contos *Testado em animais*. *As fronteiras de Oline* é o seu primeiro romance.

Esta obra foi composta em Sabon,
em junho de 2024, para a Editora Patuá